LE CIMETIÈRE DU SUD

(MONTPARNASSE)

5933

ABBEVILLE — INPRIMERIE P. BRIEZ

✝

LE CIMETIÈRE

DU SUD

(MONTPARNASSE)

PAR

M. PINARD

Hodie mihi ! Cras tibi !

PARIS

ANCIENNE MAISON E. DUJARDIN

RETAUX FRÈRES, LIBRAIRES-ÉDITEURS

13, RUE DES GRÈS

—

1866

Si ce *memento* a l'approbation des familles ; nous nous ferons un devoir de donner le même travail sur les cimetières MONTMARTRE d'abord, et le P. LA CHAISE, immédiatement. Tous les documents sont dans nos cartons. C'est ainsi que nous avons recueillis tout ce qui se rattache de souvenirs aux cimetières de la banlieue annexée ; et comme ils doivent évidemment disparaître avec le temps, on nous saura gré de cette publication.

Il y a à peine 40 ans, que les portes de cette enceinte funèbre roulaient sur leurs gonds pour la première fois (24 juillet 1824) ! En parcourant le *memento* que nous offrons, on sera étonné de tous les genres de célébrités dont les restes y ont déjà été déposés durant cette courte période. Malgré celles que lui ont enlevé le *Père-Lachaise* *Picpus* et le *Mont Valérien*. Il est vrai qu'en ouvrant ce cimetière au même temps se fermaient ceux de *Sainte-Catherine* dit de *Clamart*, et de l'*Ancien-Vaugirard*. Et jusqu'à l'annexion, il est resté le seul ouvert aux inhumations, sur la rive gauche de la Seine.

L'usage des cimetières n'est pas très-ancien. Chez les Romains, les tombeaux furent indifféremment placés tantôt dans les campagnes, et particulièrement sur le bord des chemins. Les premiers chrétiens enterraient leurs morts dans les catacombes. Dans la suite, l'usage 'établit de placer des cimetières auprès des églises ; et insensiblement, on accorda à quelques personnes, le privilége d'être inhumées dans l'intérieur de l'église. Il y a un siècle, le parlement de Paris, frappé des dangers de conserver plus longtemps des cimetières au centre de a cité, ordonna par un arrêt de règlements sur la police des sépultures, en 1765, que les champs mortuaires seraient désormais placés hors de l'enceinte des murs. Cet arrêt resta sans effet. Cependant une nouvelle déclaration de la même magistrature, celle de 1776, apporta quelques changements salutaires dans les inhumations. Ce fut l'assemblée constituante, qui en 1790, défendit d'inhumer dans les églises ; défense renouvelée par le décret du 23 prairial an XII (1801) auquel il est fait de ort rares dérogations pour les plus grands dignitaires de l'Église et de l'État.

CHOIX

DES PLUS REMARQUABLES ÉPITAPHES

DU CIMETIÈRE DU SUD (MONTPARNASSE)

A

Abel de Chevalet (Joseph-Balthazar-Auguste-Albin, baron d') ancien élève de l'École des Chartes; né à Orpierres (Hautes-Alpes), 26 janvier 1812, † Paris 18 juillet 1858 (sépulture de famille).

Abrantès (Adolphe-Alfred-Michel Junot d') fils puiné du Duc, héritier de ce titre à la mort de son père, (1851), né à Cuidad-Rodrigo (Espagne), 25 novembre 1810, † Brescia 19 juillet 1859 — marquise de ce nom, née Marie-Céline-Eliza *Lepic;* † 6 juin 1847, à 22 ans; épouse du duc actuel. — *Jérôme-Napoléon-Andoche,* Junot d'*Abrantès*, Paris, 16 juin 1854, † 10 mars 1857.

Acher de Montgascon (Clément, baron d') officier supérieur d'état major, officier de la légion d'honneur, né 14 décembre 1792, † 31 janvier 1855. — — Son épouse née Flavie-Désirée *Belhomme de Morgax,*

23 avril 1803, † 27 février 1847 — *Acher de Montgascon* (baronne d') née Geneviève *Laurent de Waru*; 17 mars 1840; † 4 décembre 1862.

Adam (J. C.), artiste-graveur; † 7 octobre 1846, à 75 ans.

Agrain (C. D. *de Pradier*, baron d') ancien lieutenant-colonel de cavalerie; 21 août 1755, † 7 avril 1828. — Son épouse, Marguerite-Henriette *Cochart*; † 4 juillet 1842.

Aguesseau (Jean-Baptiste-Henri *Cardin*, marquis d'), né au château de Fresnes, 24 août 1752; † au même lieu 22 janvier 1826. Pair de France, grand prévôt, maître des cérémonies des ordres du roi, membre de l'académie française; administrateur des hospices, commandeur de la légion d'honneur; etc. Son épouse: Marie-Catherine de *Lamoignon de Baseville*; 3 mars 1759; † 23 février 1840. — Marie-Félicité-Henriette, leur fille, dernière de ce grand nom, *comtesse de Ségur*; † 16 janvier 1847.

Alard, docteur-médecin, officier de la Légion d'honneur; † 20 mai 1850.

Alix (Accurse-Joseph), homme de lettres; † 19 mars 1858, à 56 ans.

Allard (Pierre), ancien chef de la police de sureté; † 10 mars 1860, à 69 ans.

Allier (Antoine-Jean-François, ancien député des Hautes-Alpes. Né à Embrun, 5 mai 1768; † Paris 7 avril 1838.

Alliot de Mussey (Charles-François Nancy 29 octobre 1769, † 5 mai 1850. — Suzanne, sa sœur, née au château de Lunéville, 25 janvier 1766, † 1er juin 1840.

Allouis (François, baron d', colonel d'état-major

en retraite, officier de la légion d'honneur, chevalier de Saint-Louis ; † 1er février 1848, à 73 ans.

Amalric (François de Sales, d'), † Signy, 11 février 1749, † Paris 12 novembre 1834.

Amandre (Louis-Henri, comte d') † 19 août 1840, à 63 ans. — Henriette-Isabelle, sa fille ; † 1810.

Amelot de la Roussile (vicomtesse) née Mathilde *Bewer* ; † 18 février 1855, à 34 ans.

Amaros (colonel); Valence (Espagne) 19 février 1770, † Paris 8 août 1848.

Amys du Pontgan (Gabriel, vicomte), beau père de M. le duc de Luynes ; † 25 mai 1853, à 83 ans.

Ancelin (Claude), curé de Saint-Louis des Invalides, chanoine honoraire de Paris et de Beauvais ; † 6 mai 1856, à 73 ans.

Ancelot (Jacques-Arsène-François-Polycarpe), né au Hàvre, 9 février 1794, † Paris 7 septembre 1854. Auteur dramatique, l'un des plus féconds de ce siècle, membre de l'Académie française.

Andrée (baronne d'), † 18 juin 1856, à 94 ans.

Andrieu (Bertrand) graveur en médailles, chevalier de Saint-Michel ; né à Bordeaux, 4 novembre 1761, † 10 décembre 1822.

Ange-Comnène (famille l')

Angemendt (l'abbé Alexandre) premier vicaire de Saint-Pierre du Gros-Caillou ; † 22 janvier 1857, à 50 ans.

Ansart (Charles-Boniface-Félix), né à Arras, 8 janvier 1796, † 13 avril 1829. Professeur d'Histoire et de Géographie au collége Saint-Louis, inspecteur honoraire de l'Université, chevalier de la légion d'honneur.

Anselin (Jean-Louis) graveur du roi; Paris 26 mai 1754, † 15 mars 1823. — Louis-Pierre, son fils; † 1er février 1859, à 74 ans.

Arborio de Brême (Pierre-Philibert, Chevalier) né à Turin, † 28 décembre 1835, à 51 ans.

Arnaud (Auguste, baron d') receveur payeur de la Couronne, à Versailles, où il est mort le 9 juin 1862. (sépulture de famille).

Arnault de la Ménardière (Pierre-Gustave), † 17 avril 1860, à 51 ans.

Arnonvalle (Fritz-Marie-Adolphe-Louis d') 5 août 1855, † 15 mars 1856.

Arragon (Marquise de Ximènes d') née Charlotte Françoise *Amnette de Lasteyrie du Saillant* ; † 1810.

Asfeld (Comtesse d') née Geneviève-Marie de *Tilly-Blaru*. Veuve de M. *Lenain* dernier intendant de la généralité de Moulins; † 28 février 1827, à 97 ans.

Aubert (L'abbé Marius) chanoine-prédicateur ; † 11 mars 1858, à 66 ans.

Aubert-Hix (Mathurin-Marie-Charles), officier de l'Université, ancien censeur des collèges Louis-le-Grand et Bonaparte, chevalier de la légion d'honneur ; † 14 mai 1855, à 64 ans.

Auberville (comtesse d'), née Marie-Jeanne-Henriette-Alexandrine de *Caumont;* † 15 février 1833, à 80 ans.

Aubourg de Boury (Marie-Louis-Alfred), 2 décembre 1843, † 11 décembre 1843.

Aubrière (Charles-François-Louis-Gabriel-Jérôme

Lefebvre, marquis de l'); † 1843. — Amélie-Philippine-Elisabeth Desbarres, son épouse, née à Pomard, 6 février 1790, † Versailles, 12 novembre 1859 (sépulture de famille).

Aubry-le-Comte, artiste-lithographe, chevalier de la légion d'honneur; † 2 mars 1858.

Audé (Pierre-Antoine), lieutenant-colonel du génie, chevalier de Saint-Louis, et de la légion d'honneur; † 22 avril 1848, à 73 ans.

Audebard de Férusac (baron d'), † 21 janvier 1836, à 51 ans.

Audouin (Jean-Alexandre) chef d'escadron en retraite, officier de la légion d'honneur; † 25 mars 1854.

Augé (L'abbé Jean-Baptiste-Antoine) vicaire-général de Paris; né le 17 janvier 1858, † 12 novembre 1844.

Auguis (Pierre-Réné) député des Deux-Sèvres; † 24 décembre 1844, à 59 ans.

Aumale (comtesse d') née Anne-Charlotte-Bernardine-Mathilde d'Aumale, veuve d'un lieutenant-général du génie; † 21 décembre 1849 dans sa 83ᵉ année.

Aupick (Jacques, baron) né le 28 février 1789, à Gravelines (Nord), † 27 avril 1857, général de division, sénateur, ancien ambassadeur à Constantinople et à Madrid, grand officier de la légion d'honneur.

Autane (madame d') née Marie-Charlotte-Alix *Douay*, † 19 juillet 1826.

Autard de Brayard (Victor-Louis-Auguste d') chef de bataillon du génie ; † 9 mars 1832, à 56 ans.

Auxy (Jules-Philibert, comte d') tué à Navarin, le 9 novembre 1828 (mémoire). — Hélène-Sylvie-Félicie *Marion*, sa veuve; † 27 avril 1852, à 47 ans.

Auzou (madame), Pauline Desmarquets-la-Chapelle,

peintre d'histoire ; née à Paris, en 1775, † 15 mai 1835.

Avaux (comtesse d') née Reine-Claudine-Chartraire de Bourbonne; † 8 janvier 1812.

Avet-Foray (François) chevalier de la légion d'honneur; 21 décembre 1788, † 6 mai 1854.

Avril (Jean-Jacques), graveur d'histoire, né à Paris 15 décembre 1744, † 25 novembre 1831 — Jean-Jacques son fils, artiste graveur ; né aussi à Paris, 19 avril 1771, † 8 novembre 1855.

Ayme (Francis-Joseph, docteur en médecine; † 21 juin 1845, à 43 ans.

Azaïs né à Sorrèze, en 1766, † 18 janvier 1845 (sépulture de famille).

B

Bache (Alexandre) colonel de cavalerie; † 29 septembre 1848, à 69 ans.

Bacq (Alcindor de), officier de la légion d'honneur, commandant de Saint Grégoire-le-Grand; † 19 mai 1863, dans sa 69ᵉ année.

Bacot (marquise de), née Bouvrat; † 20 novembre 1840.

Bailly (Nicolas, baron), doyen des conseillers à la cour de cassation, commandeur de la légion d'honneur, né à Launay (Ardennes); † 11 juin 1832, à 84 ans. — Sa veuve, née *Delon*, fille d'un ancien avocat au parlement de Paris.

Bailly de Surgy (Emmanuel-Joseph) ; † 12 avril 1864, à 62 ans.

Bajole de Bayalos (Louis-Jean-Marie, *marquis*

de Sagardia; † 10 mai 1855. — Virginie *Bernoville,* sa veuve ; † 29 mars 1864.

Ballard de Lancy (Martin), administrateur de la bibliothèque Sainte-Geneviève, officier de la légion d'honneur; † 11 septembre 1856.

Baltard (Louis-Pierre), architecte, peintre, graveur ; Paris, 9 juillet 1764, † 22 janvier 1846.

Baquoy (Pierre-Charles), artiste graveur Paris, 1764, † 4 février 1829.

Baratier (Aristide), ancien avoué de première instance ; † 27 juin 1846.

Barbier (Antoine-Alexandre), né 11 janvier 1765, à Coulommiers, † 5 décembre 1825. Savant bibliographe, bibliothécaire de Napoléon Ier, du conseil d'État, puis administrateur des bibliothèques particulières du roi ; chevalier de la légion d'honneur (sépulture de famille).

Barbier (André-Thomas), neveu du président ; né aussi à Coulommiers, 11 janvier 1784, † 7 novembre 1859.

Barbier (Jacques-Luc) peintre d'histoire ; Nîmes, 18 octobre 1769, † 16 mars 1860.

Barbier (Louis-Stanislas-Hyppolite), ancien vicaire-général, aumônier du lycée Louis-le-Grand, chevalier de la légion d'honneur ; † 2 avril 1864, à 55 ans.

Barbot (A.-J.-P.), fondeur en caractères ; † 8 avril 1832, à 69 ans.

Barbot (Paul-Désiré), médecin ; † 2 septembre 1850.

Barby (J.-M.), médecin principal de l'armée, chevalier de la légion d'honneur, officier de l'ordre de Medjid ; † 11 septembre 1856, à 42 ans.

Bardon (Antoine), peintre d'histoire ; † 13 mai 1846, à 71 ans.

Bardonenche (comtesse de), née Julie-Cornélie *Bouvier*; † 23 septembre 1863, à 39 ans.

Barjon (Catherine-Martin de Choisey, comte de); 23 juin 1765, † 4 avril 1860.

Baroilhet (Pierre), docteur en médecine, ancien aide-major à l'hôpital du Val-de-Grâce, médecin du collége Rollin; 30 janvier 1782, † 19 décembre 1837.

Baron (Étienne-François), artiste calligraphe, 7 septembre 1776, à Sablonnières (Seine-et-Marne); † 9 mai 1854.

Baron (Jacques-François), médecin de l'hospice des enfants malades; né 11 mai 1782, à Paris, † 19 mai 1849.

Baron (Léonard) ancien chef de bureau au ministère de l'Intérieur, chevalier de la légion d'honneur; 23 février 1778, † 30 octobre 1845.

Barral (E.), 1786; † 1860.

Barran (Jean), supérieur du séminaire des missions étrangères; † 25 janvier 1855, à 57 ans.

Barre (Jacques-Jean), graveur général des monnaies; officier de la légion d'honneur; 3 août 1793, † 10 juin 1855.

Barré (Louis), homme de lettres; Lille 1799, † Paris 1857.

Barrère (Jean-François-Marie de), ancien sous-préfet, chevalier de la légion d'honneur; † 20 septembre 1844, a 52 ans.

Barrois Pierre-Théophile), libraire; 14 février 1751, † 15 décembre 1836.

Barruel (Jean-Pierre), chimiste, chevalier de la légion d'honneur; né à Autun, † Paris (sans millésime).

Barte de Saint-Fare (J.-B.-J.), intendant militaire, officier de la légion d'honneur, chevalier de Saint-Louis ; † 27 décembre 1850, à 79 ans.

Barthélémy Saint-Hilaire (Mélanie); 11 janvier 1771 à Versailles, † 18 février 1849.

Bassompierre - Sewrin (Charles - Augustin), homme de lettres, chevalier de la légion d'honneur ; 9 octobre 1771 à Metz, † 22 avril 1853. — Louise Julie *des Acres de l'Aigle,* son épouse ; 16 octobre 1787, à Paris, † 1er août 1845.

Bastard d'Estang (comtesse de), née Angelina de Pont-de-Gault ; † 16 mars 1856.

Baude (Pierre-Joseph-Marie, baron) ; 31 mai 1763; † 24 août 1840, ancien préfet de police, conseiller d'état. — Anne-Louise-Adelaïde *Roussel,* son épouse ; 18 janvier 1773 à Paris, † 3 juin 1855. — Jean-Jacques, leur fils, secrétaire d'ambassade, membre de l'Institut, officier de la légion d'honneur ; né 19 février 1772 à Valence (Drôme), † 7 février 1862 (sépulture de famille).

Baudon d'Issoncourt (comtesse), née Antoinette-Marguerite-Frédérique *Baronne*, de Lillien ; † 21 septembre 1852. (Le comte, † à Bagnolet en 1841). — Leur belle-fille, Alexandrine-Charlotte *de Bogard, baronne d'Issoncourt;* † 22 novembre 1842, à 34 ans.

Baudry des Lozières (Louis-Narcisse), maréchal de camp, chevalier de Saint-Louis, de Malte et du Saint-Sépulcre ; † 29 juillet 1841, à 90 ans (sépulture de famille).

Baudry du Hamel (Emile), avocat, rédacteur au contentieux du ministère des finances; † 13 juin 1858.

Bay (Jean de), statuaire. Grand prix de Rome, membre de l'académie d'Amsterdam ; chevalier de la légion d'honneur; 31 août 1802 à Nantes, † 7 janvier 1862.

1.

Bayle (A.-L.-G.), docteur et professeur·agrégé à la faculté de médecine, chevalier de la légion d'honneur, officier de l'ordre du Sauveur ; † 7 mars 1858, à 59 ans.

Bayle de Jessé (madame), née Adeline *Lacour*, fille du général de ce nom ; † 4 janvier 1854 à 38 ans.

Béarn (comtesse de), née Catherine-Victorine *Chapelle de Jumilhac* ; 21 juillet 1769, † 4 janvier 1858.

Beauffort (Charles-Jules, comte de), chevalier de Saint-Jean de Jérusalem ; † 21 septembre 1827.

Beaufort d'Hautpoul (Benoit-Edouard-Madeleine *Brandoin Balaguier*, marquis de); né 16 octobre 1782 à Paris, † 21 juillet 1831, Colonel du génie, chevalier de Saint-Louis et de la légion d'honneur. Son père est mort à Quiberon ; sa mère est connue dans la littérature.

Beauharnais (comtesse de), née Suzanne-Elisabeth, Sophie *Fortin* ; 7 février 1775, † 20 mai 1850.

Beaujeu (vicomtesse de), née Marie-Louise *Aymon de Montépin* ; 29 avril 1759, † 24 mai 1855.

Beaulaincourt de Marles (Valérie de) ; † 10 février 1856.

Beaumont (Jacques-Joseph-Charles, comte de), chevalier de Saint-Louis et de Malte ; † 12 avril 1861, dans sa 78ᵉ année.

Beaumont (baronne de), née Sophie *Cauvet* ; † 12 décembre 1848, à 83 ans.

Beautemps-Beaupré (C.-F.), ingénieur hydrographe, membre de l'Institut, grand officier de la légion d'honneur ; né à la Neuville-au-Pont (Marne), le 6 août 1766, † 15 mars 1854. — Marguerite-Agathe Fayolle, son épouse ; † 3 décembre 1844.

Beauvilliers-Saint-Aignan (duchesse de), née

Françoise-Camille *de Bérenger*. Condamnée à mort le 24 juillet 1794 par le Tribunal révolutionnaire ; elle se déclara enceinte et fut sauvée. Versailles 1757, † Paris 28 septembre 1827.

Bec de Lièvre (marquise de), née Marie-Louise-Hélène-Pauline *de Vezins* ; † 22 septembre 1820, à 20 ans, 9 mois, 15 jours.

Becquey (Louis), ancien directeur général des ponts-et-chaussées, député de la Haute-Marne, commandeur de la légion d'honneur ; † 2 mai 1849, à 89 ans. — Sophie-Marguerite *Leblanc,* son épouse ; † 24 janvier 1841, à 77 ans.

Beguyer de Chancourtis (L.-C.-A.) ; † 7 août 1860.

Bein (Jean), graveur d'histoire ; 17 avril 1789, † 25 mars 1857.

Belenet (Ernest de), homme de lettres ; † 14 juin 1855, à 39 ans.

Belgrand (comtesse Adèle de) ; † janvier 1831, à 56 ans.

Bellanger (Marie-Alexandre-Odilon de), 3 février 1792, † 30 septembre 1835.

Bellegarde (comtesse Adèle de); † 7 avril 1831, à 56 ans.

Belleval (François-Gabriel-Luce de Gaspari, comte de), ancien général major au service de Pologne ; colonel, chevalier de Saint-Louis, né 27 mai 1757 à Grasse, † 27 janvier 1840.

Bellonnet (Adolphe-Pierre-Marie de), lieutenant général du génie, député, commandant de la légion d'honneur, chevalier de Saint-Louis ; † 23 septembre 1851. — M. A. E. *Lonet de Lys*, sa veuve ; † 24 juillet 1861.

Charles-Marie-Théodore, leur fils; † 1er juin 1850.

Bellot de Kergore (Alexandre), sous-intendant militaire, chevalier de la légion d'honneur, né à Nantes, † 10 juillet 1840, à 56 ans.

Benazet (J. Octave), auteur de *Gustave*, ou l'Instruction morale des peuples par ses souvenirs; † 1858.

Benoit de Maintenant, ancien capitaine d'artillerie, chevalier de Saint-Louis et de la légion d'honneur; † 8 avril 1848, à 66 ans; — Arthur Germain, son fils, sous-lieutenant de cavalerie; † 4 décembre 1844, à 21 ans.

Benou (Jean-Baptiste), doyen des commissaires-priseurs; † 1831. (Sépulture de famille)..

Bequet (Ernest), ancien rédacteur du *National* et ancien membre du conseil du gouvernement de l'Algérie; † 26 octobre 1859, à 57 ans.

Bérard (comtesse de), née Justine-Constance-Luce *Pasquier de Franclieu*; † 7 décembre 1854.

Bérard des Glajeux (Mme Gabriel-François), née Antoinette-Marina-Françoise *Duclos de Belbedro*; † 14 juin 1849, dans sa 72e année.

Berbis de Corcelles (comtesse de), née Antoinette-Charlotte-Armande *Barbarat de Mazirot*; † 24 juillet 1846, à 61 ans.

Berge (François-Beaudire, Baron), lieutenant-général d'artillerie, grand officier de la légion d'honneur, chevalier de Saint-Louis, né à Colhoures, 11 mars 1779, † 18 avril 1832.

Bernard de Fenis de la Combe; † 29 novembre 1848, à 72 ans. — Son épouse, née *Mallery*; † 1845.

Bernard de Luchet (François); † 19 janvier 1857, à 81 ans.

Bernard de Mangourit (Michel-Ange) homme de lettres, né à Rennes, le 21 août 1753, † 17 février 1829. (Sépulture de famille).

Bernard d'Oraison; † 24 août 1842, à 61 ans.

Bernard de Rennes ancien député, conseiller à la cour de cassation ; né à Brest, 11 mai 1788, † 10 janvier 1858. — Jules, son fils, avocat ; 29 décembre 1809, † 28 avril 1847.

Bernauda (Victor) sculpteur ; 1823, † 1840.

Bernis (Louis-Amédée-Armand de Pierre de) ; † 15 mois.

Berriat Saint Prix (Jacques), professeur de droit, membre de l'Institut; né à Grenoble, 23 septembre 1769, † 4 octobre 1845 (Sépulture de famillle).

Berthelot de la Lorgète (Jean-Baptiste François) lieutenant-colonel en retraite, chevalier de Saint-Louis et de la légion d'honneur ; † 11 février 1849, à 72 ans.

Berthelot de la Villeurnois (Hyppolite-Charles-Memmie); † 23 août 1833, à 17 ans et demi.

Bertin (Marie-Louis-Armand) propriétaire du journal des Débats ; † 12 janvier 1854, à 53 ans. — Marie-Anne-Cécile Dollens, son épouse ; † 9 janvier 1853, dans sa 47e année.

Besnard (L'abbé François-Yves), docteur en Sorbonne ; † 10 octobre 1852.

Betencourt (Pierre-Louis-Joseph Dom) né le 16 juillet 1743, à Arras, † 16 mai 1829. Ancien bénédictin de l'abbaye d'Anchin, membre de l'Institut.

Béthune-Penin (Marie-Louise-Eugénie Joseph de),

née à Penin (Pas-de-Calais) 13 juin 1771, † 1er mars 1812.
— Maximilien-Guillaume-Auguste, *prince de Béthune*; † 10
janvier 1856, à 82 ans, — son épouse; dame Adélaïde-
Octavie *le Denays de Quemadeuc*; † 27 juillet 1860, à
80 ans. — Louise-Augustine-Léonie, princesse de Béthune,
leur fille; † 24 juillet 1858, à 54 ans.

Beuchot (Adrien-Jean-Quentin) savant bibliophile;
né à Paris, 13 mars 1773, † 8 avril 1861, dans sa 75e
année. — Julie-Félicité, sa fille; épouse de *L. N. Barbier*,
administrateur de la bibliothèque du Louvre; † 3 mars
1836, dans sa 26e année.

Beudot (Augustin Marie), architecte; né à Semur
(Côtes-d'Or), 18 novembre 1763, † 8 novembre 1832.

Bevy (Charles-Joseph de), aumônier et bibliothécaire
du ministère de la guerre, ancien historiographe, doyen
de l'Académie des sciences; né à Saint-Hilaire près
Orléans, le 4 novembre 1748, † 27 juin 1839, à 92 ans.

Bigorne (Jean), lieutenant-colonel de cavalerie
chevalier de Saint-Louis et de la légion d'honneur,
né à Montbard (Côtes-d'Or); 28 janvier 1772, † 2 mars
1836.

Bige Inspecteur des finances, chevalier de la légion
d'honneur; † 28 mai 1857.

Bignon (Claudine-Mélanie) née Courtavant, 7 juillet
1804, † 25 septembre 1863.

Billault (Adolphe-Augustin-Marie), ministre d'État;
né à Vannes, le 12 novembre 1805, † 17 octobre 1863.
— Fanny *du Coudray-Bourcault*, son épouse; née à
Nantes, le 20 décembre 1804, † 27 janvier 1856 (sépulture
de famille).

Billy (Alexandre-Louis) ancien professeur des sciences
mathématiques et physiques au collège de Sens, à l'école

centrale de Fontainebleau, puis à Saint-Cyr, bibliothécaire du conservatoire des arts et métiers ; † 2 décembre 1830, dans sa 74ᵉ année.

Binet (Jacques-Philippe-Marie) membre de l'Institut, (académie des sciences); 12 mai 1856, à 70 ans, † née à Rennes, en 1786. —Marie-Éléonore *Ménard*, sa veuve ; † 7 mai 1860, dans sa 62ᵉ année.

Bingham (Famille).

Biot (Jean-Baptiste) ; de l'Institut, de l'Académie française ; né à Paris 21 avril 1774, † 3 février 1862.

Biot (Edouard-Constant) fils du précédent, aussi membre de l'Institut ; né à Paris, 2 juillet 1803, † 13 mars 1850.

Blair (Charles-Armand, Baron de) ; 21 juin 1790, † 1ᵉʳ janvier 1854.

Blaire (de), ancien conseiller de la cour des aides, conseiller d'État ; né à Saint-Dominique, le 7 décembre 1759, † 27 juillet 1844.

Blanc (Léon-Charles-François Fidèle) serviteur de Dieu et véritable ami des pauvres (sans date).

Blanc (Pierre-Simon) ancien vicaire-général de Reims et de Montauban, chanoine honoraire de Paris, supérieur de l'hospice de Marie-Thérèse, où il est mort le 24 septembre 1855.

Blanchard (Jean-Philibert), docteur médecin rédacteur du *Siècle*; † 14 novembre 1858.

Blanchard (Théophile), paysagiste, professeur à l'école d'état-major ; † 1849.

Blanchard (madame) née Thérèse-Charlotte de *Coriolis* ; † 4 mars 1833.

Blanchet (Sylvain), bibliothécaire à Sainte-Geneviève, chevalier de la légion d'honneur ; né à Crozant (Creuse) le 20 septembre 1760, † 14 décembre 1841.

Blanquart de Bailleul (Henri-Joseph, Baron) né à Calais le 27 avril 1758, † Versailles 4 janvier 1841. Procureur général, puis premier président honoraire à la cour royale de Douai ; maire de Calais ; députe de ce département, officier de la légion d'honneur. — N. son épouse; née 11 avril 1772, † 25 mai 1835. — A la mémoire de Léon Charles Henri, leur fils, sous-intendant militaire ; mort à Constantine, le 23 août 1855 dans sa 35e année. — Eudoxie Constance *Guin d'Hermaville*, épouse de ce dernier ; née à Rennes le 24 juillet 1804, † au château de Saint-Agnan (Oise) le 28 novembre 1859.

Blondel (Merry-Joseph) peintre d'histoire ; membre de l'Institut ; Paris 1781, † Paris 1853.

Blou (Jean-Donatien-Antoine-Hyppolite, Vicomte de), né à Paris 21 mai 1818, † 31 mars 1840.

Blouet (Guillaume-Abel) architecte, membre de l'Institut, chevalier de la légion d'honneur ; né à Passy-Paris, le 6 octobre 1795, † 17 mai 1853.

Bodin de Digeon (Paul) élève de l'école polytechnique ; † 1834.

Bodson de Noirfontaine (Henri-Louis-Victor) colonel du génie en retraite, commandeur de la légion d'honneur, chevalier de Saint-Louis ; né à Charleville, (Ardennes), le 2 août 1779, † 28 février 1856. — Marie-Gabrielle-Ernestine *Peyrous de Balen*, son épouse ; morte à Mézières (Ardennes), le 26 mars 1838.

Boffinton docteur en médecine ; Bordeaux, 17 avril 1797, † Paris, 15 juin 1843.

Boinod Inspecteur aux revues, 29 novembre 1756, † 28 mai 1842.

Boisboissel (Jehan-Hyacinthe, comte de); † 28 mars 1848. — Anne-Marie-Julie *Saisy de Kérampuil*, sa veuve ; † 29 mai 1861, à 64 ans.

Boisse (Blanche-Barbe-Radégonde de); † 11 mars 1858.

Boissonnade (Bernard), né à Montsalvy (Auvergne); † 13 septembre 1833.

Bonchamps (Vicomtesse de); † 27 février 1857.

Bouquerot de Voligny (Thomas-Henri-Marie), ancien membre du Corps législatif du conseil des anciens; président honoraire de la cour royale de Bourges; chevalier de la légion d'honneur; † 17 août 1841, à 86 ans. — Sophie-Adelaïde *Robin*, sa veuve; † 15 mars 1860, dans sa 86ᵉ année. — Madame *Morand,* leur fille; † 24 juillet 1864, à 65 ans.

Bourbon-Conti (François-Claude-Faustin-Marchionensis de); né 21 mars 1771, † 8 juin 1833. Connu sous le nom de *marquis de Bourbon Remonville,* l'un des fils naturels du dernier prince de Bourbon-Conti.

Bourdeilles (Joseph-Marie-Amand, marquis de); 24 mars 1793, † 4 février 1845. — Blanche-Adelaïde-Eudoxie *Émé de Marcieu,* sa veuve; née à Genève le 2 janvier 1798, † 9 février 1864. — *Comtesse N.-J. de Bourdeilles,* née Marie-Jacquette-Claude *de Beaumont;* † 7 avril 1810. — Antoinette-Marie-Joséphine de *Bourdeilles;* † 12 janvier 1859, à 52 jours; et Alix-Marie-Gabrielle de ce nom; † 4 février 1829 à 75 jours.

Bourdon (Louis-Pierre-Marie), conseiller de l'Université; † 14 mars 1854, à 74 ans, (sépulture de famille).

Boureuille (Pauline-Marie-Antoinette de); † 17 mars 1862, à 62 ans.

Bourgeois-Ducastelet (Alexandre-Emmanuel), colonel de dragons, officier de la légion d'honneur; né à Paris, le 16 avril 1786, † 19 avril 1857.

Boutault (Paul-Emile), général du génie ; † 1855.

Bouteiller (Guillaume-Louis-Marie, comte de), né à Paris, le 28 octobre 1787 ; † 11 novembre 1860. — Sophie *Gersin*, son épouse, veuve d'Anglo Maria — *Benencori*, née à Paris, le 4 novembre 1792 ; † 17 mai 1862.

Bouville (Louis-Jacques *Aubry de Saint-Julien Brossin*, comte de); né 22 septembre 1759, † 14 février 1838. Ancien député, fils d'un président au Parlement de Rouen.

Bouvrain (L'abbé Romain).

Bouygues de Boyer (François-Louis), capitaine retraité, chevalier de Saint-Louis et de la légion d'honneur. Né à Paris, le 6 février 1768, † 23 avril 1830.

Boyer (Alexis, Baron), l'un des premiers chirurgiens de l'Europe, membre de l'Institut et de l'Académie de Médecine. Né à Uzerche, le 27 mars 1760, † 25 novembre 1833. — Philippe son fils, aussi chirurgien, officier de la légion d'honneur. Né à Paris, en 1802, † 8 avril 1858.

Bredn (Alexandre-Marie-Raymond, comte de); né à Compiègne, le 17 octobre 1813, † 4 avril 1857 (sépulture de famille).

Bremont (Alfred-Armand de) ; † 3 mars 1862, à 26 ans.

Brenet (Jean-Claude-Florentin), architecte; † 11 février 1852, à 51 ans.

Bresson (François-Léopold), conseiller à la cour de cassation, officier de la légion d'honneur : † 21 novembre 1848, à 77 ans. — Marie-Barbe *Pellet*, son épouse; † 22 février 1847, à 68 ans. — Charles-Joseph, *comte Bresson*, leur fils ; pair de France, ambassadeur en Espagne ; né à Paris, en 1798, † mort à Naples, le 2 novembre 1847.

Breton (J.-B.-J.), homme de lettres, doyen des sténographes, chevalier de la légion d'honneur; 6 janvier 1852, à 75 ans.

Breton (Jean-Claude-Henri), colonel en retraite, commandeur de la légion d'honneur, chevalier de Saint-Louis; † 25 juin 1851, à 79 ans.

Breugnon (comtesse de), née Louise-Jeanne-Marguerite *de Grégoire de Saint-Sauveur ;* ancienne gouvernante des enfants de France; † 12 juillet 1225, à 80 ans.

Brian (Charles-Symphorine), adjoint au maire du Xᵉ arrondissement, chevalier de la légion d'honneur; né 1ᵉʳ mai 1767, † 10 décembre 1840. — Anne *Janicaud,* son épouse ; 23 octobre 1761, † 2 juillet 1821.

Bridan-Renault (l'abbé Jean-Baptiste-Claude), curé de Saint-Nicolas du Chardonnet ; né à Paris, le 4 mars 1781, † 29 juillet 1833.

Brière de Mondétour (Isidore-Simon), ancien maire du 2ᵉ arrondissement et député de la Seine, chevalier de la légion d'honneur; † 20 août 1820, à 57 ans. — Madame *Boursier,* née *Brière de Mondétour ;* † 19 décembre 1840, à 80 ans. — Louise-Anaïse *Geoffroy-Saint-Hilaire,* petite-fille de M. Brière de Mondétour ; 5 décembre 1809, † 23 mai 1830.

Brifaut (Charles), membre de l'Académie française, chevalier de la légion d'honneur ; né à Dijon 15 février 1781, † 5 juin 1857.

Bondaire (vicomtesse de), née Anne-Constance d'*Admirat*; † 27 mars 1844 à 83 ans.

Bongars (marquise de), née D. *de Montaigu ;* † 22 août 1861. — Marie-Clémentine-Augustine, sa fille ; † 30 avril 1854, à 27 ans.

Bonjour (Casimir), né à Clermont (Meuse); 17 mars 1795, littérateur, bibliothécaire à Sainte-Geneviève, † 24 juin 1856. — Florente *Dubreuille*, sa veuve, née à Condé (Nord), 5 octobre 1805, † 7 mars 1864.

Bonne (Charles-Rigobert-Marie), maréchal de camp, officier de la légion d'honneur, chevalier de Saint Louis ; † 23 novembre 1839, à 68 ans. — Son épouse, Christine-Fortunée-Antoinette *Vion*, veuve de M. *de Tisseul* ; † 6 juin 1863, dans sa 86e année.

Bonneau (Dominique-Paul de), président de la société d'agriculture du département de l'Indre ; † 25 décembre 1841, à 68 ans.

Bonneau (Henri-Théodore), architecte ; † 8 septembre 1856, à 51 ans.

Bonnel de Longchamps, conseiller à la cour de comptes, chevalier de la légion d'honneur ; † 2 mars 1835, à 61 ans (sépulture de famille).

Boquet (Blaise-Hilaire), général de brigade, commandeur de la légion d'honneur ; né à Soissons 21 mars 1792, † 3 janvier 1851. — Caroline-Nancy *Michelot*, sa veuve ; † 19 octobre 1857, à 58 ans.

Bord (Joseph-Suzanne), sous-intendant militaire, officier de la légion d'honneur ; † 11 mars 1855, à 66 ans.

Bordes (baronne des), née Constance *Philippes de la Marnière* ; † 30 mars 1849.

Borel (J.-M.), prêtre ; ancien directeur des sourds-muets ; † 7 janvier 1852, à 69 ans.

Borelli (Charles-Louis-Philippe-Clément, vicomte de), ancien pair de France, général de division, grand officier de la légion d'honneur ; † 25 septembre 1849, à 78 ans. — Constance *de Borelli*, sa sœur, veuve de M. *Rolland* ; † 20 avril 1849, à 75 ans.

Borelly Mazenod de Mondésir (Daniel-Charles-Michel), colonel d'état-major, officier de la légion d'honneur, chevalier de Saint-Louis ; né à Saint-Pierre, (Martinique), le 6 mai 1767, † Versailles 1er février 1842 (sépulture de famille).

Bories (Jean-François-Louis-Leclerc), né à Villefranche (Aveyron) en 1795. **Goubin, Pommier et Raoulx**, les quatre sergents de la Rochelle, mis à mort le 21 septembre 1821.

Borne Saint-Étienne de Saint-Sernin (Françoise-Julie de) ; † à l'Abbaye-Aux-Bois, le 12 septembre 1868.

Bosio (Jean-François), frère aîné du célèbre sculpteur, peintre d'histoire, ancien professeur à l'école polythecnique ; né à Monaco, † 6 juillet 1827, à 65 ans.

Boucher des Noyers (Auguste-Gaspard-Louis, baron), membre de l'Institut et de plusieurs académies ; ancien premier graveur du roi, conseiller des musées royaux, officier de la légion d'honneur, chevalier de Saint-Michel etc.; † 16 février 1857, à 77 ans.

Boucherat (Auguste), capitaine d'état-major, chevalier de la légion d'honneur ; † 3 janvier 1854, à 39 ans.

Boudard (N.-T.) docteur-médecin, chevalier de la légion d'honneur ; † 29 avril 1863, dans sa 70e année.

Boudet, pharmacien, né à Reims le 26 octobre 1748 ; † 1829. (Sépulture de famille).

Boudon (Louis), officier supérieur de cavalerie, chevalier de Saint-Louis, officier de la légion d'honneur ; † 22 décembre 1833.

Bouffret (Christophe-Nicolas Gaillet, chevalier de), homme de lettres ; né à Paris, le 11 janvier 1773, † 31 mai 1847.

Bouhier de l'Écluse, (Deux enfants de l'ancien procureur général de la cour de Nimes).

Bouillé du Tronçay (François-Gabriel, baron) colonel de cavalerie ; † 9 décembre 1855.

Boulage (Thomas-Eusèbe), secrétaire général du ministère de l'agriculture, commandeur de la légion d'honneur ; † 16 avril 1855, à 56 ans.

Boulay (Denis-Joseph), docteur en médecine ; né à Châteaudun (Eure-et-Loire), 18 mai 1792, † 22 décembre 1838.

Boulay de la Meurthe (Antoine-Jacques-Claude-Joseph, comte) ; né à Chamousey le 19 février 1761, † 2 février 1840. (Paroles de Napoléon Ier : *Boulay est certainement un brave et honnête homme).* — Dame-Catherine *Thiboust,* sa veuve ; née à Nancy le 31 août 1776, † 17 décembre 1846. — Henri-Georges, leur fils aîné, ancien vice-président de la République, sénateur, commandeur de la légion d'honneur ; † 24 novembre 1858, dans sa 62e année. — Petit-fils, fils du dernier, Joseph-Napoléon ; né à Paris, 18 octobre 1853, † Provins (Seine-et-Marne), 14 novembre 1859. — Charles, fils du fils puiné ; 16 janvier 1840, † 8 février 1842.

Boullanger (Marie-Antoine-Amable), juge à Compiègne : † 21 septembre 1826, à 49 ans.

Brisse (Constant-Isidore-Joseph), chevalier de Saint-Louis et de la légion d'honneur ; † 16 mars 1830, à 68 ans.

Brivazac-Beaumont (Clarisse-Claire-Angélique de), sans date.

Broc (Charles Gabriel, marquis de), ancien colonel, chevalier de Saint-Louis ; † 30 décembre 1860, à 82 ans. — son épouse, née Anne-Marie-Françoise *Chevalier,* † 28 février 1852, à 76 ans. — fils : Charles-Armand-Fernand,

Vicomte de Broc; † 14 avril 1826, à 18 ans. — Tante du marquis : Charlotte *de Broc*; † 12 juin 1830, dans sa 80ᵉ année.

Brochant de Villiers(Hyppolite-Marie-Elisabeth) 6 août 1844, † 4 février 1859. — André-Étienne-Hyppolyte ; 6 janvier 1802, † 13 décembre 1859. — André-Louis-Gustave ; 25 mai 1811, † 28 mai 1864.

Broglie (Elzéar - Ferdinand - François, comte de), maréchal de camp, commandeur de Saint-Louis et de la légion d'honneur ; † 9 avril 1837, à 69 ans.

Brossard de Corbigny (Charles, Baron) ; Orléans 28 janvier 1794, † Paris, 16 juillet 1857.—Hélène-Charlotte, de ce nom ; † 19 juin 1862.

Brosse (Claude Vital, comte de), officier supérieur ; † 8 avril 1832

Brossier (Le général).

Brotonne (Frédéric de), conservateur-administrateur de la bibliothèque Sainte - Géneviève, chevalier de la légion d'honneur, et de l'ordre de Charles III d'Espagne ; † 10 mars 1865, à 68 ans.

Broussais (Aristide), conseiller à la cour impériale, né à Plelan, 26 septembre 1794, † 14 avril 1860.—Sa mère 1768, † 1849.

Brousses (Jean Louis), député de l'Aude;† 19 janvier 1832.

Bruc (Armand - Auguste - Corentin Malestroit de), colonel d'état-major, officier de la légion d'honneur ; né à Paris 20 septembre 1791, †1ᵉʳ janvier 1853. — Blanche-Françoise - Joséphine - Louise de *Cossé - Brissac*, son épouse ; † 25 juin 1854, dans sa 58ᵉ année. — belle-fille : Malthilde-Marie-Agathe-Caroline *Perrien*, *comtesse de Bruc*, née à Paris, le 20 mai 1837, † au château de

Guyencourt (Somme) le 14 juillet 1862. — Anna-Louise de *Bruc* ; 25 août 1826, † 12 avril 1828. — Marie-Françoise de *Bruc* ; † 20 juillet 1859.

Bruge (Louis Joseph de) ; † 13 décembre 1844, à 74 ans.

Brun d'Aubignosc (Alfred-Frédéric) lieutenant-colonel, officier de la légion d'honneur ; † 8 décembre 1858, à 54 ans.

Brun de Poussan (Pierre Léon), élève de l'école polythecnique; † 1836.

Brunet (madame), née Marie-Alexandrine *le Beschu de la Bastays* ; 10 juin 1782, † 5 avril 1857.

Bruslard et de ; **Sauville** (familles).

Bruslart (Jean de); † 25 mars 1857, à 79 ans.

Bruslart (Louis *Guérin*, chevalier de), lieutenant général, chevalier de Saint-Louis, officier de la légion d'honneur ; né à Thionville (Moselle) 22 mai 1764, † 20 décembre 1829.

Buchère (Clément-Jean-Simon), conseiller référendaire à la cour des comptes ; † 24 mars 1825 à 47 ans.

Buchère (Farcy), doyen honoraire de la compagnie des notaires de Paris ; † 22 janvier 1849.

Buchère (mademoiselle Sophie-Thérèse) fondatrice de l'œuvre des enfants de la Providence ; † 5 août 1846, à 87 ans.

Budes de Guébriant (Sosthènes) ; † 21 février 1823. — Sosthènes de ce nom ; † 14 avril 1826, à 18 ans. — Angélique Marie *de Romance*, vicomtesse de ce nom; 29 Janvier 1837, à 54 ans. — Olympe-Emilie-Félicité *du Poulpiquet de Coatips*, comtesse de ce nom ; † 13 mai 1830, à 59 ans.

Bureau du Colombier (E. D.), ancien avocat général ; † 14 mai 1827, à 67 ans. (Sépulture de famille).

Busche (Antoine) ancien préfet, chevalier de la légion d'honneur ; † 22 octobre 1856 — Antoinette *Millot*, son épouse ; † 18 janvier 1826.

Butavand (Lucien-Félix), artiste graveur ; né à Vienne (Isère) 7 janvier 1808, † 27 janvier 1853.

Buttura (Antoine), homme de lettres, né à Malusine, 27 mars 1771, † 23 août 1831. Eugène-Ferdinand son fils ; peintre paysagiste ; né à Paris, 12 février 1812, † 28 mars 1852.

C

Cadeau (Réné), artiste peintre ; † 28 octobre 1858, à 76 ans.

Cadore (Jean-Baptiste Nompère de Champagny, duc de), né à Roanne (Loire), le 4 août 1756, † 3 juillet 1834. Sa mère était sœur du fameux abbé Terray. — Victoire-Blandine *Huc de Grosboisrie*, son épouse ; † 12 février 1821.

Cady (Nicolas Germain), 2e vicaire de l'église Saint-Séverin; † 7 janvier 1847.

Caffarelli (comtesse de), née Antoinette-Élise-Juliette-Marie *Le Clerc de Juigné* ; 1817, † 12 janvier 1837.

Cahieux (Henri), sculpteur ; 1825, † 1854.

Cahouet de Neufry (Charles), lieutenant des maréchaux de France, chevalier de Saint-Louis ; † 17 février 1829, à 84 ans.

Calemberg (Dame-Marie-Louise *de la Chesnaye*, veuve de M. Charles-Paul baron de); † 1er août 1848, à 96 ans.

2

Callssanne (Cécile de) sans date.

Callery (Alexandre-Louis), bachelier-ès-sciences, étudiant en droit ; mort victime de son dévouement en patinant sur les lacs du bois de Boulogne, le 19 janvier 1862, à 19 ans et demi.

Calonne (Jean-Marie de), ancien avocat au parlement ; † 22 avril 1850, à 92 ans. — Adélaïde Colombe Julienne *de Bournonville*, son épouse ; † 19 octobre 1847, à 82 ans. — Adélaïde Charlotte Colombe, madame *Bouchon*, leur fille ; † 2 novembre 1861, à 63 ans.

Cambacérès (Jules-Léonard de), ancien préfet, secrétaire général du ministère de la police ; puis ingénieur en chef des ponts et chaussées ; officier de la légion d'honneur ; commandeur de l'ordre de Charles III d'Espagne ; † 9 juillet 1863, à 65 ans.

Cambon (Alexandre-Louis, baron de), pair de France, premier président de la cour royale d'Amiens, né à Toulouse le 23 septembre 1771, † 22 mai 1837.

Campaignac (Jean Antoine Joseph) docteur en médecine ; † 18 septembre 1856, à 55 ans.

Canoville (famille)

Capet (Pierre-Robert), ancien caissier aux finances, chevalier de la légion d'honneur ; † 31 décembre 1852, à 73 ans. — N. *Stapart*, sa veuve ; † Champagne (Seine-et-Oise), 5 février 1864, à 82 ans.

Capuron (Joseph), docteur-médecin, chevalier de la légion d'honneur ; né à Roque Saint-Sernin ; † 23 avril 1850, à 82 ans.

Cardonnel (Alexandre-Pierre-Salvi-Félix de) conseiller à la cour de Cassation, député du Tarn, commandeur de la légion d'honneur ; né à Monestier, en 1770, † 11 juillet 1829. Anobli 6 décembre 1814.

Carlotti (marquise de), née Marie-Claude *du Merle* ;
† 5 mai 1843.

Cassini (Alexandre-Henri-Gabriel, le dernier des),
pair de France, conseiller à la cour de cassation, membre
de l'Institut, chevalier de la légion d'honneur, né à Paris,
le 9 mai 1781, † 16 avril 1832. — Dame Catherine-Elisa-
beth *de Riencourt*, comtesse *de Cassini*, son épouse ; † 5
avril 1861, à 79 ans.

Carondelet (madame A. de), née Marie-Louise-
Jeanne-Virginie *Champel*; † 17 janvier 1844, à 42 ans.
— Louis-Augustin-Joseph, baron de ce nom, officier de
l'armée de Condé, chevalier de Saint-Louis ; † 10 février
1856, à 79 ans. — Lucie *Pasquier de Fraclieu*, son
épouse ; † 25 mars 1857, à 69 ans.

Carpentier du Vert Bois (famille).

Caron (Louis), architecte ; † 13 avril 1832, à 79 ans.

Castan de Basge (André-Armand), contrôleur des
contributions directes ; † 15 juillet 1849. — Marie-Louise
Amélie *Moly de Malville*, son épouse ; † 2 juin 1841.

Castelverd (famille de).

Cattel (Jean-Joachim-François) docteur en médecine;
† 20 janvier 1846, à 79 ans.

Cauchy (Alexandre-Laurent), conseiller à la cour de
cassation, chevalier de la légion d'honneur, né 12 mars
1792, † 30 mars 1857 (sépulture de famille).

Caulet de Longchamps (sans date).

Caussin de Perceval (Jean-Jacques-Antoine),an-
cien garde des manuscrits de la bibliothèque royale,
professeur au collège de France ; membre de l'académie
des inscriptions, chevalier de la légion d'honneur, né à
Montdidier (Somme), le 24 juin 1859, mort en sa maison
de campagne à la Chaussée-du-Maine, le 29 juillet 1835.

Caux (Pierre-Antoine-Narcisse de); † 11 juillet 1861, dans sa 69e année. — Julie-Marie-Victoire, sa fille; † 27 avril 1855, dans sa 39e année.

Cavennes (François-André), sénateur, inspecteur général, directeur de l'école impériale des ponts-et-chaussées, commandeur de la légion d'honneur né au mont d'Origny Sainte-Benoite, (Aisne) 3 mai 1773, † 11 avril 1856.

Caze (Gaston-Alexandre-Henri de); † 29 mai 1821. — *N. Guillaudin du Plessis* madame *H. de Caze*; † 31 janvier 1841. — Adélaïde-Robertine-Marie-Madeleine *de Caze*, chanoinesse ; † 7 avril 1864, à 81 ans.

Céré (dame Louise Levêque marquise de) 9 mars 1797, † 13 octobre 1831.

Certes (l'abbé René Edouard), chanoine du chapitre de Saint-Denis ; † 12 mars 1849, à 47 ans.

Cessac (Jean-Gérard-Lacuée, comte de) pair de France, ancien ministre de la guerre, membre de l'Académie française, commandeur de la légion d'honneur, né à Lamassas, près d'Agen, le 4 novembre 1752, † 4 juin 1841. — Louise-Augustine-Siblie *Blanc de Brantes* son épouse; née à Avignon, le 9 décembre 1779, † 15 septembre 1848 (sépulture de famille).

Chabrillan (Benoit-Marie, *Moreton*, baron de) maréchal de camp, né le 16 octobre 1780, au château du Mein, (Ardèche), † a Prez-en-Pail (Mayenne), le 9 janvier 1857. — Dame Antoinette-Charlotte *de Lonlay de Ville-pail* son épouse, † 8 février 1855, à 82 ans. — Henri-Théodore *de Moreton-Chabrillan*, leur petit-fils, né 1er avril 1825, † 6 mars 1839.

Chalendar (A. F. G. V. comte de), général de division, grand officier de la légion d'honneur né à

Vaudoncourt (Vosges), † 19 juin 1863 dans sa 72ᵉ année.

Challaye (Sophie-Blanche de), née *de Gantès*; † 1ᵉʳ juillet 1854 à 28 ans.

Challemel de la Rivière (madame Lilioza, née de Pierville); † 9 décembre 1843.

Chambaudoin d'Erceville (Barthélémy-Louis-Charles *Rolland*, comte de); † 24 janvier 1843, dans sa 73ᵉ année. — Sa belle-fille, née Marie Caroline *de Maistre*; † 13 novembre 1858, à 32 ans (sépulture de famille).

Chambon (Barthélémy-Marie), colonel en retraite, commandeur de la légion d'honneur, chevalier de Saint-Louis; † 26 mars 1856, à 67 ans.

Chambon (Jean-Louis), chef de bataillon en retraite, commandeur de la légion d'honneur, chevalier de Saint-Louis; † 21 août 1854 à 63 ans.

Chamerot (Marie-Emile), étudiant en médecine; Paris 3 mars 1833, † 1ᵉʳ avril 1857.

Chamont (François-Larcher, chevalier de), lieutenant colonel du génie, officier de la légion d'honneur, chevalier de Saint-Louis; 6 septembre 1774, † 12 août 1854.

Champagneux (madame), née Marie-Thérèse-Euroda *Roland de la Platrière*, nièce de la fameuse *madame Roland*; † 19 juillet 1858 à 77 ans.

Chanteau (Louis-Marie, baron de), sous-intendant militaire, officier de la légion d'honneur et de l'ordre du mérite de Saxe; né à Saint-Seine-l'Abbaye, le 2 janvier 1782, † 14 septembre 1857. — Antoine-Auguste-Adolphe de ce nom; † 19 septembre 1857.

Chantérac (marquise de), née Marguerite-Bonaventure *Le Blanc de Mauvesin*, veuve de M. Gabriel-Louis de *la Cropte*; † 8 mai 1832, à 80 ans. — Louis-Charles-Hippolyte-Édouard de la Cropte, *comte de Chantérac*, chevalier de Saint-Jean de Jérusalem ; † 23 avril 1850, à 75 ans (sépulture de famille).

Chappe (Augustin), directeur des lignes télégraphiques ; † 10 mai 1856, à 43 ans. Son père inventeur de ce signal est inhumé au Père-Lachaise.

Charétte de la Conterie (Charles-Athanase-Louis de), né 1er janvier 1830, † 24 du même mois.

Charle (Jean-Baptiste-Louis), géographe, 25 mars 1790, † 8 août 1858.

Charlet, professeur à l'école polytechnique, officier de la légion d'honneur (sans date.)

Charnailles (Barthélémy-Parfait-Edouard *Cortois* comte de), † 13 octobre 1862. — Dame Rose-Alexandrine Zoé de Pierrepont vicomtesse de ce nom, morte en Suisse le 22 septembre 1841.

Charpentier (l'abbé Marie-Georges-Florimond) du clergé de la paroisse Saint-Sulpice; † 21 mai 1836, à 39 ans.

Chartraire de Bourbonne (Jacqueline, marquise); † 10 décembre 1812.

Chassepot (comtesse de), née Anne-Dorothée, baronne *de Knabenau*; † 3 septembre 1848, à 69 ans.

Chateauneuf (César-Auguste-Napoléon de), capitaine en retraite, chevalier de Saint-Louis et de la légion d'honneur ; né à Amot en 1769, † 1853. — Jeanne-Adèle *Bouchet* sa veuve, née à Uzès en 1778, † 1860.

Chatel (l'abbé Ferdinand-Toussaint-François), né à Gannat (Allier), le 9 janvier 1795, † 13 février 1857 (ses restes ont été transférés en 1862, dans le cimetière de Clichy-la-Garenne).

Chatenay (l'abbé ; † 4 mai 1857.

Chaudet (Antoine-Denis), statuaire, Paris 3 mars 1763, † 19 avril 1810.

Chaumont (l'abbé Denis), supérieur du séminaire des missions étrangères, né à Eragny près Gisors, 16 novembre 1752, † 25 août 1819.

Chauveau-Lagarde (Claude-François), défenseur de la reine Marie-Antoinette. Conseiller à la cour de cassation. Né à Chartres le 21 janvier 1756, † 17 février 1841 (annobli le 9 novembre 1814) (sépulture de famille).

Chazal (Antoine), peintre, professeur de dessin au muséum d'histoire naturelle, chevalier de la légion d'honneur, né à Paris le 7 novembre 1793, † 12 août 1854.

Chazournes (Hector de); † 26 octobre 1855, à 70 ans.

Cheffontaines (comtesse de), née Madeleine-Clotilde *Monier du Castelet*; † 15 janvier 1858, à 77 ans.

Chevallier-Malibert (César-Elisabeth), ancien député de la Mayenne, juge de paix du dixième arrondissement; † 26 février 1825, à 74 ans.

Chevigné (comtesse de), née *Vincens de Causans*; † 8 mars 1859.

Chevrau-Lemercier (Auguste), inspecteur de l'Université; † 9 février 1844, à 42 ans.

Choiselat-Gallien (Louis-Isidore), fabricant de bronzes d'églises; † 9 mai 1853, à 69 ans. (Sépulture de famille).

Choiseul (madame César-Réné de), née Amélie-Cécile-Charlotte *de Mauconvenant Sainte-Suzanne*; † 20 juin 1812, à 22 ans 11 mois 1 jour.

Choiseul-Meuse (Charles de); † 9 septembre 1853, à 50 ans.

Choiseul-Praslin (duc de), pair de France ; † 24 septembre 1847.

Cholet (baronne), née Marie-Victoire-Ursule *de Martin;* † 26 mai 1832.

Choppin d'Arnouville (Mathieu), maréchal de camp, chevalier de saint Louis, officier de la légion d'honneur; †31 décembre 1842, à 70 ans.

Chorieu (Sophie-Madeleine de) ; † 29 mai 1843.

Choron (Alexandre-Etienne), compositeur de musique religieuse. Né à Caen, le 21 octobre 1771, † 29 juin 1834. — Sépulture de famille.

Choulot (comtesse), née *Vanhove*, d'abord veuve *Petit*, puis du grand tragédien *Talma* ; † 11 avril 1860.

Chourses (Louis-Jacques-Emmanuel-Marie, vicomte de), † 30 novembre 1850, à 88 ans.

Chouzy (Louis-Jacques *Mesnard*, comte de), ancien chambellan du roi Charles X; officier de la légion d'honneur; né 28 juillet 1792, † 27 octobre 1833.

Chrestien de Chantelou (Louis-Chrysostôme) ; † 10 juin 1845.

Ciran (marquise de), née Eugénie de Piquer; † 12 novembre 1840, à 23 ans.

Ciran de Cavanac de Kormelitz (marquise de), sans date.

Clarambeau (Alexandrine-Aimée de) ; † 1823, à 15 ans.

Clément (Antoine-Jean-Baptiste) chef, d'escadron d'état-major, en retraite, conservateur des cartes manuscrites du dépôt de la guerre ; officier de la légion d'honneur, chevalier de Saint-Louis, commandeur de l'ordre de Charles III d'Espagne; né à Paris, 5 juin 1780, † Marly-le-Roi, 12 septembre 1850.

Clément (Charles), médecin honoraire des hopitaux civils de Paris; † 5 mai 1857, à 67 ans.

Clément de Givry (Augustin-André-Louis); † 21 août 1858, à 33 ans. — Madame de ce nom, veuve d'un conseiller au Parlement, née Louise-Antoinette *de Gars ;* † 20 janvier 1833, dans sa 86e année. — Augustine-Geneviève-Pauline, sa fille ; † 4 février 1842, à 63 ans.

Clément de Ris (comtesse) née *Lejeans*, à Marseille le 22 mars 1789, † 11 décembre 1827.

Clément de Verneuil (Athanase) ; † 8 décembre 1854, à 73 ans.

Clerc de Landresse (Ernest-Augustin-Xavier), bibliothécaire de l'Institut, chevalier de la légion d'honneur ; † 29 juin 1862, dans sa 62e année.

Clère (madame), née M.-B. *Crespin*, veuve d'un général ; † 11 octobre 1859, à 90 ans. — *Bathilde*, sa petite-fille ; † 18 mars 1859 dans sa 16e année.

Clermont-Mont-Saint-Jean (Joseph - Claude, marquis de) ; † 24 avril 1846 dans 64e année.

Cloquet (Hyppolite), docteur en médecine, membre de cette académie ; né en 1787, à Paris, † 3 mars 1840.

Cochet de Savigny de Saint-Vallier (Pierre-Claude-Melchior, baron) ; † 8 septembre 1855, à 75 ans.

Cochin (branche aînée). Jacques-Denis, ancien maire et député de Paris. — Dame Angélique-Suzanne *Matigny,* sa veuve. — Dame Claude-Marie-Anne *Cochin,*, veuve Durand. — Sœur Geneviève *Dubut,* ancienne supérieure de l'hôpital Cochin, fondé par cette famille.

Cochin (branche puînée). Jean-Denis-Marie, avocat à la cour de Cassation, maire du 12e arrondissement, député de la Seine, membre du conseil municipal, officier de la légion d'honneur. Né le 14 juillet 1789, † 18 août 1841. — Dame Augustine *Benoist*, son épouse ; † 1er avril 1827 (sépulture de famille).

Coëtlosquet (Charles-Yves-César-Cyr, comte du), lieutenant général, commandeur de Saint-Louis, officier de la légion d'honneur ; né le 21 juin 1783, à Morlaix, † 23 janvier 1836. — N. *de la Maisonfort*, sa mère ; † 14 juin 1827, à 64 ans.

Coïny (Joseph), graveur, ancien pensionnaire à Rome; né à Paris au mois de septembre 1795, † en août 1829.

Colard (L.-H.), élève de l'école polytechnique ; † 26 novembre 1847. — Dame *H. Gobert*, sa mère, veuve du général de ce nom ; † 5 mars 1855.

Colas de la Noue (Jacques), ancien président à la cour royale d'Orléans, ancien préfet du Var, chevalier de la légion d'honneur ; né à Orléans, le 8 février 1787, † 11 mai 1855. — Jacques-Gustave, son fils, auteur du poème d'*Énoch* ; né aussi à Orléans, 7 février 1812, † 18 février 1838.

Colette de Vaudicourt (Joseph-Madeleine), premier maire du 12ᵉ arrondissement, chevalier de la légion d'honneur ; † à Antony, le 14 mars 1816, à 74 ans ; — Madeleine-Félicité *Fouque*, sa veuve ; † 31 mars 1836, dans sa 76ᵉ année. — Demoiselle Elisabeth *Colette de Baudicourt*, sœur du président ; † Antony, 23 octobre 1810. — Madame *Colette de Baudicourt*, née *Leblanc de Clos Mussey*, 8 octobre 1794, † 19 juillet 1832.

Collin (Étienne), graveur de géographie ; né à la Neuville-Au-Pont (Marne), † 21 avril 1852, à 62 ans.

Colombat de l'Isère (Marc), docteur-médecin, chevalier de légion d'honneur ; † 11 juin 1851.

Colson (François-Guillaume), peintre d'histoire ; né le 1ᵉʳ mai 1785 à Paris, † 3 février 1850.

Colson (Guillaume), peintre d'histoire ; † 3 février 1855 dans sa 73ᵉ année.

Comminges (Jean-Joseph, comte de), ancien colonel d'artillerie, chevalier de Saint-Louis; † 14 mars 1844, à 75 ans. — Dame Denis-Charlotte-Gabrielle *de Saint-Charles*, son épouse ; † 29 août 1844, à 65 ans.

Campain (Claude-François), docteur en médecine ; né à Chartres, † 16 octobre 1836, à 79 ans.

Conseil, ancien lieutenant d'artillerie de la marine ; † 1837.

Constans (J.-F.), homme de lettres; † 4 avril 1829, à 71 ans.

Constades (Jules-Gaspard-Amance, vicomte de), né à Francfort sur le Mein, le 15 août 1794, † 4 mars 1844.

Convers-Desormeaux (Charles), officier de la légion d'honneur et chevalier de Saint-Louis ; † 5 février 1853, à 72 ans.

Cor (Mathurin-Joseph), professeur de Turc, au collége de France ; interprète de *Sa Majesté* ; né à Saint-Mâlo, le 5 décembre 1805, † 6 mai 1854.

Corbel (Jean-Baptiste-François) marbrier ; chargé de l'exécution du monument élevé aux victimes de Quiberon ; † 22 avril 1837, à 79 ans.

Corday (Charles de), de la famille de la célèbre *Charlotte* ; † 27 mars 1860, dans sa 62e année.

Cordier (Jean-François-Bernard), ancien religieux de l'Ordre de Prémontrés ; † 22 juin 1839, dans sa 84e année.

Cordier (P.-L.-A.), membre de l'Institut ; † 30 mars 1861, à 84 ans.

Cornet (Matthieu-Augustin, comte), sénateur, puis pair de France , grand officier de la légion d'honneur ; né à Nantes, le 19 avril 1750, † 1er mai 1832, à 82 ans.

Cornulier-Lucinière (Anne-Charlotte-Marie de); † 26 janvier 1844 dans sa 75e année.

Coriolis (Gaspard-Gustave), directeur des études de l'école polythecnique, membre de l'Institut; né en 1792, † 19 septembre 1843.

Corret, musicien; † à 22 ans. Monument l'un des plus remarquables du cimetière.

Costé (Nicolas-Augustin-François), président à la cour royale, député, chevalier de la légion d'honneur; né 24 avril 1789, † 22 janvier 1848.

Coster (de), grand industriel, † 2 mai 1861.

Coucy (comtesse de), née Zoé de Labrunie; † 25 septembre 1828, à 23 ans. — Françoise-Eugénie, sa fille; † 22 juillet 1843, à 14 ans.

Coulon (F.-E), architecte; né à Paris, le 14 avril 1768, † 24 octobre 1830.

Couloumy (Baronne), veuve d'un général; née Marie-Anne-Simonne Tresse, 20 janvier 1778, † 12 janvier 1830.

Coupade (Charles de); † 31 octobre 1832, à 76 ans. — Marguerite Rust, sa veuve; † 5 janvier 1852, à 83 ans.

Coupey (l'abbé); † 10 mai 1861.

Coupigny (comtesse Clémentine de), épouse du chevalier de la Garde de Contigny; † 2 mai 1842, à 64 ans. — Antoinette-Adélaïde de Coupigny; née à Paris le 13 janvier 1839, † 5 septembre 1850.

Courbon-Blénne (marquis de), général de brigade, grand cordon de Saint-Louis; commandeur de la légion d'honneur, chevalier de Malte; † 16 octobre 1859.

Couret de Villeneuve (madame), née Provenchères; † 15 décembre 1850, à 78 ans.

Courson de Villehelio (Jean-Louis de), administrateur des subsistances de la marine, maître des requêtes au conseil d'Etat, officier de la légion d'honneur ; † 3 janvier 1827. — Albertine de ce nom ; † 30 janvier 1862, à 5 mois.

' **Courtarvel** (marquise de) , née Marie-Louise *de Lambert ;* † 29 avril 1836, à 69 ans.

Courtarvel-Pesé (comtesse de), nee *de Lubersac;* † 17 mars 1827.

Courtemanche (Henri-Alexis-Charles *Lemayre* marquis de), maréchal de camp, ancien aide-de-camp du duc d'Enghien, chevalier de Saint-Louis, commandeur de la légion d'honneur ; né le 24 janvier, 1769 † 30 mai 1831.

Courtivron (Louis-Antoine-François *Le Compasseur-Créquy-Montfort*, comte de), chef de bataillon, chevalier de Malte et de Saint-Louis, officier de la légion d'honneur ; né à Courtivron le 6 août 1786 , † 21 février 1842.

Cousin d'Avallon (Charles-Yves), homme de lettres ; 1769, † 1840.

Coutard (François-Mathurin)*,* docteur en médecine; † 4 décembre 1840, à 70 ans.

Craëne (Léon de), † 19 mars 1856, à 49 ans.

Crécy-Champmillon (Bernard-Louis François, comte de); chevalier de Saint-Louis et de la légion d'honneur ; † 17 novembre 1829.

Créquy (Marquise de), née Rénée-Caroline-Victoire-*de Froullay*, veuve de Louis-Marie ; † 2 février 1803, à 88 ans. On a publié des *Mémoires* sous le nom de cette dame.

Crespin de la Rachée (Anne-Rosalie *Prevotau)*,

3

veuve d'un conseiller à la cour royale ; † 26 novembre 1857, dans sa 86e année.

Crespy le Prince (Charles-Edouard, baron, chef d'escadron d'état-major en retraite, officier de la légion d'honneur ; † 12 février 1851, à 64 ans. — Julie-Hélène-Noël *du Ronceray*, sa veuve ; † 27 mars 1853, dans sa 46e année. — Mère : Adelaïde-Catherine *Crespy*, veuve de S.-C. *Le Prince*, écuyer ; † 3 janvier 1843, à 84 ans.

Croissant (Jean-François), ancien maire de Toul, député de la Meurthe, commandeur de la légion d'honneur ; † 18 décembre 1855, à 80 ans.

Curt (chevalier de), né en Savoie, † 1851.

D

Daebert (Ovide), élève du Conservatoire de musique, violon au Vaudeville ; † 27 août 1856, à 17 ans.

Damas (Etienne-François, lieutenant-général, chef d'état major de Kléber en Egypte et son plus intime ami, né le 22 juin 1764, à Paris ; † 21 décembre 1828.

Damas (Baronne de), née Marie-Gabrielle-Marguerite *de Sarsfiel* ; † 8 mai 1853, (son mari est mort à Quiberon en 1795). — Alfred-Charles-François-Gabriel, *comte de Damas*, leur fils ; † 17 janvier 1840. — Petit-fils : Charles-Gabriel-Godefroy-Marie-Maxence-Michel, *comte de Damas*, né à Marseille, le 15 mai 1819 ; † 26 mars 1845.

Damburon (Honoré-René), inspecteur général de l'Université, chevalier de la légion d'honneur ; 20 avril 1838, à 80 ans.

Dareste de la Chavanne (Madame), née Marie-Amélie *Plougoulm*; † 2 décembre 1858, à 27 ans. — Son fils : Henri-Prosper-Jacques, † 28 février 1859, à 5 mois. — Le cœur de Aimé-Prosper, † à Rome le 2 décembre 1846, à 17 ans, (beau-frère de cette dame).

Darguesse (Charles-François-Isidore Baron), lieutenant colonel de cavalerie en retraite, chevalier de Saint-Louis, officier de la légion d'honneur ; † 19 avril 1830, à 56 ans.

David (Jean-Baptiste), docteur médecin ; ancien chirurgien-major, chevalier de la légion d'honneur ; † 23 août 1848, à 80 ans.

Debain (Louis-Médard), capitaine d'artillerie de la marine, chevalier de Saint-Louis ; † 25 février 1849, à 45 ans.

Debure-saint-Fauxben, (Jean-François), helléniste, frère de *Guillaume* ; né à Paris, 13 octobre 1741; † 24 janvier 1825. — Ils ont laissé un nom honoré que que la librairie n'oubliera jamais.

Defontaine (Chrétien), inspecteur général des ponts et chaussées ; † 28 août 1856, à 71 ans.

Degenfeld (Louise, baronne de) ; † 20 mars 1865, à 25 ans.

Dehansy (François-Guillaume), prêtre du clergé de Saint Sulpice ; † 29 août 1852, à 82 ans.

Delacroix (Sylvestre-François), membre de l'Institut ; 1765, † 1843.

Delahaye (Etienne-Gabriel-Nicolas), ancien conseiller au Châtelet, juge honoraire au tribunal de la Seine ; † 8 novembre 1826, à 60 ans.

Delaire des Girauds (Jacques-Auguste), jurisconsulte, écrivain, artiste, chevalier de la légion d'honneur; né à Moulins, 9 mars 1795 ; ✝ 30 août 1864.

Delalain (Jacques-Auguste), imprimeur-libraire, né à Paris 25 juillet 1774; ✝ 27 mai 1852.

Delalot (Charles-François-Louis, vicomte); ✝ 27 octobre 1842, à 70 ans. -- Dame Catherine-Victoire *Costé*, sa veuve ; ✝ Dormans (Marne), le 25 octobre 1845, à 72 ans.

Delamarche, ingénieur géographe ; ✝ 5 janvier 1835, à 55 ans.

Delamarre (Jean-Baptiste-Louis-François), ancien avocat au Parlement et ancien agent de change ; ✝ 22 juillet 1846.

Delannoy (François-Jean, architecte, chevalier de la légion d'honneur ; Paris 1755, ✝ Sèvres 1835.

Dépinay (Charles), étudiant en médecine ; 24 mai 1834; ✝ 9 avril 1859.

Delaunay (Nicolas-Auguste-Alphonse Baront, intendant militaire, commandeur de la légion d'honneur ; ✝ 3 août 1857, à 70 ans. -- Dame Olympe *Pison de la Courbassière*, sa mère, veuve de Pierre-François-Hyacinthe Delaunay, inspecteur aux revues, chevalier de Saint-Louis; morte le 26 décembre 1846, dans sa 81e année.

Deleuil (Louis-Joseph), ingénieur mécanicien, chevalier de la légion d'honneur ; ✝ 9 août 1862, à 68 ans -- Son épouse, née *Leœil* ; 29 mai 1855, à 50 ans.

Delon (Mathias-Nicolas, ancien avocat au Parlement; ✝ 2 juin 1810, à 83 ans. -- Marie-Adélaïde *Schotte*, sa veuve ; ✝ 3 Décembre 1844, dans sa 75e année.

Demange (Pierre-Aimé), artiste peintre ; ✝ 1853, à 51 ans.

Demonville (Jean-Louis), ancien bénédictin et sousbibiothécaire de l'Abbaye Saint-Germain-des-Prés; † 19 février 1829, à 89 ans.

Denis de Senneville (Henri-Louis), 6 février 1779; † 12 février 1850. — Marguerite-Pauline N. sa veuve ; 8 février 1784, † 2 juin 1855. — Alphonse-Robert, leur fils, colonel ; 23 septembre 1814, † Magenta 4 juin 1859. (Sépulture de famille).

Denizet (Jean-Baptiste), colonel en retraite, commandant de la légion d'honneur, chevalier de Saint-Louis ; 28 juin 1786, † 21 janvier 1859. — Virginie *Cholet,* sa veuve ; † 2 janvier 1860, à 63 ans.

Delorme (Jean-Baptiste), colonel d'artillerie ; † 20 janvier 1864, dans sa 77e année.

Demante (Antoine-Marie), professeur à la Faculté de droit ; né le 26 septembre 1789 à Paris, † 28 décembre 1856. — Sépulture de famille.

Demanvieu (Pierre-Louis), ancien avocat ; † 5 février 1832, à 76 ans.

Denne-Baron (Pierre-Jacques-Réné) , homme de lettres ; né à Paris, le 7 septembre 1780, † 5 juin 1854.

Depping (Georges-Bernard), homme de lettres ; né à Munster, le 11 mai 1784, † 5 septembre 1853.

Dequevauvilliers (Félix), † 11 mai 1838, dans sa 76e année. — Charlotte-Rosalie *Panquereau,* son épouse ; † 27 décembre 1856, dans sa 87e année.

Deroys du Roure (Mme), née A. M. *Gillet de Courville* ; † Versailles, 8 juillet 1857, à 86 ans. — Ses fils : Armand-Anne Philippe, ancien sous-préfet d'Étampes ; † Paris 9 juillet 1836, à 47 ans. — Armand-Eugène, né à Rouen en 1815, † 31 décembre 1854.

Derrien (Romain-Marie), inspecteur divisionnaire des ponts et chaussées.

Desclozeaux (Louis-François-Pierre *Renard*), ancien législateur et conseiller à la Cour royale de Paris ; né à Courville, le 27 août 1759, † 1er janvier 1835.

Deseine (Louis-Pierre), statuaire ; né à Paris, le 20 juillet 1749, † 11 octobre 1822. (Son cœur seul est déposé dans ce monument).

Desenne (Alexandre-Joseph), dessinateur ; né à Paris, le 1er janvier 1785, † 30 janvier 1827.

Desfontaines (René-Louis), de l'Académie des sciences, professeur de botanique, officier de la légion d'honneur ; né à Tremblay, (Ile-et-Vilaine), en 1752, † 16 novembre 1833.

Desfriches-d'Oria (Joséphine), religieuse du troisième monastère des Dames de la Visitation; † 14 février 1829, à 58 ans.

Desgranges (Antoine-Jérôme), ancien premier secrétaire interprète de l'Empereur, pour les langues orientales, officier de la légion d'honneur, membre du Nichand Iltikar de Turquie ; † 25 octobre 1864, dans sa 80e année.

Desgranges (Pierre-Désiré-François Xavier), ancien maire du XIe arrondissement, officier de la légion d'honneur ; né à Luxeuil le 11 novembre 1782, † 16 janvier 1860.

Deslyons (Auguste Jérôme-Marie Baron), officier supérieur d'artillerie en retraite, chevalier de Saint-Louis et de la légion d'honneur ; † 3 mars 1857, à 78 ans.

Desmaisons (François-Marie), docteur en médecine; né à Chambéry le 29 juillet 1804, † 21 juin 1856.

Desmarets (Jules-Henri), docteur médecin, né le 22 novembre 1806, † 29 juin 1832, à la manufacture de Saint-Gobain, victime de son dévouement pendant l'épidémie.

Despretz (César-Mansuète), membre de l'Institut ; professeur à la faculté des sciences, officier de la légion d'honneur; né à Lessines, (Hainaut), 10 mai 1792 , † 15 mars 1863.

Desquibes (l'abbé); † 1861.

Desnoyers (Louis-Marie-François de Salle), capitaine d'artillerie, administrateur de l'école polytechnique; 21 septembre 1787, † 9 janvier 1846.

Desroziers (madame) , née Armande-Charlotte-Léontine *de Léris* ; † 24 février 1838.

Dessolles (Jean-Yrénée Yves, baron), ancien archevêque de Chambéry, chevalier de la légion d'honneur, grand croix des SS. Maurice et Lazare ; né à Auch, le 17 mai 1744, † 31 décembre 1824.

Destailleurs (François-Hyppolite), architecte du gouvernement, chevalier de la légion d'honneur ; né à Paris, le 22 mars 1787 , † 15 février 1852. — Sépulture de famille.

Destainville (Théodore), docteur-ès-lettres ; professeur au lycée Louis-le-Grand, chevalier de la légion d'honneur; † 6 janvier 1852, à 47 ans.

Destigny (J.-F.), de Caen, auteur de la *Némésis incorruptible* ; † 23 septembre 1864.

Destremeau (Charles-Eugène), capitaine de frégate, chevalier de la légion d'honneur ; † 25 juillet 1857, à 47 ans.

Desurleau (famille).

Detel (François-Clément), colonel , officier de la légion d'honneur, chevalier de Saint-Louis et des deux Siciles ; 16 avril 1762, † 26 mars 1848.

Devaux d'Hugueville (A.-L.-A.), ancien sous-chef au ministère de la guerre, chevalier de la légion d'honneur ; † 12 août 1845.

Devéria (madame).

Devillas (Louis), négociant éclairé qui a consacré sa fortune à l'assistance du malheur. Quissac, (Gard), 1748, † 22 octobre 1832.

Devilliers (Charles), maitre en chirurgie; † 30 juillet 1812, à 73 ans. — Pierre-Gaspard-Alexandre, son fils, docteur en médecine, membre de l'académie de médecine; † 15 janvier 1853, à 72 ans.

Devin (Charles-François), de la congrégation de saint Joseph, prêtre du diocèse de Lyon; † 5 janvier 1854, à 89 ans

Deyeux (Nicolas), de l'académie des sciences; † 28 avril 1837, à 93 ans. — Denise-Rosalie-Thérèse *Moreau*, son épouse.

Didier (Jean), prêtre du diocèse de Lyon; décédé à l'infirmerie *Marie-Thérèse*, le 8 juillet 1834, à 89 ans.

Didot (Pierre-Nicolas-Firmin, dit *le Jeune*); † 16 juin 1831. — Marie-Félicité *Autran*, sa veuve; † 9 mai 1851, dans sa 78e année.

Didot (N.); † 1850.

Didron (Victor); mai 1810, † janvier 1858.

Diebolt (G.); Dijon 7 mai 1816, † 7 novembre 1861.

Dillon (Roger-Henri), des anciens Dillon d'Irlande; 11 juin 1762, † 6 janvier 1831. — Anne, sa sœur; née en 1770, † .....

Dillon (William-Patrice), consul-général et chargé d'affaires de France, officier de la légion d'honneur, chevalier de SS. Maurice et Lazare; 12 octobre 1857, dans sa 45e année.

Dionis du Séjour (Alexandre-Pierre), juge de paix du 5e arrondissement; 1er juillet 1796, 21 avril 1862.

Doguereau (Elisabeth -Jean - Pierre - Maximilien - Alexandre, vicomte), né à Pampelune, le 15 mai 1812, † 18 août 1860.

Dollerit (le chevalier François-Louis-Thibault) ; né à Niort, † 18 avril 1841, à 64 ans.

Domard (Joseph-Francois), graveur en médailles, chevalier de la légion d'honneur ; né à Paris, le 2 février 1792, † 29 janvier 1858.

Donnet (Alexis), ingénieur, géographe ; † 23 juillet 1856, à 75 ans.

Doré de Nion (famille).

Dorner (Adam), docteur en médecine. Rottembourg; 1er juillet 1807, † 30 mars 1842.

Dornès (Auguste), représentant du peuple. — Marie-Louise-Marguerite *Probst*, sa mère, veuve du général Dornès; 31 juillet 1771, † 8 septembre 1855.

Drappier (Jean-Jacques), chimiste distingué, chevalier de la légion d'honneur ; né à Chartres, le 9 mars 1775 , † 8 octobre 1845.

Drappier (Pierre-Thomas), inspecteur des ponts-et chaussées, chevalier de la légion d'honneur ; † 10 avril 1832.

Drée (Etienne, marquis de), ancien député, membre de plusieurs sociétés savantes ; † 9 avril 1848, à 88 ans.

Dreneuc (Catherine *de Martin de Champoléon*, marquis de); né au chateau de Chorges, (Hautes-Alpes) , † 10 décembre 1828, à 72 ans.

Drevet (Antoine), ancien censeur des études au collège Henri IV, conservateur à la bibliothèque Sainte-Geneviève; né à Paris le 19 mai 1776, † 7 octobre 1846.

Droling (Michel-Marin), peintre d'histoire, profes-à l'école des beaux-arts, membre de l'institut, cheva-

3.

lier de la légion d'honneur; Paris, 7 mars 1786, † 9 janvier 1851.

Droz (François-Xavier-Joseph, de l'Académie française ; né à Besançon, le 31 octobre 1773, † 9 novembre 1850. — Françoise-Bénigne-Blanche *Proudhon*, son épouse; née à Besançon, le 24 mars 1776. † 12 avril 1841.

Du Bas de Saint-Leu (Pierre-Benjamin) , officier d'état-major, chevalier de Malte; † 20 février 1858, à 77 ans.

Dubois (Antoine, baron), médecin, officier de la légion d'honneur ; né à Gramat (Lot), le 19 juin 1758 , † 30 mars 1837. — La baronne *Paul Dubois*, sa belle-fille; † 5 avril 1859, à 54 ans

Dubois de la Loire-Inférieure. Sépulture de famille.

Du Beuchet (Denis-Jean-Florimond *Langlois de Mautheville*, marquis); né à Clermond-Ferrand, le 20 octobre 1752, † 16 octobre 1826. — César Charles-Florimond, son fils; 10 mars 1790, † 1er février 1856.

Du Bouzet (Louis-César, comte,) lieutenant-colonel en retraite, chevalier de Saint Louis, officier de la légion d'honneur; † 9 septembre 1860, dans sa 93e année.

Duboy (Louis-Marie Joseph), ancien conseiller référendaire à la cour des comptes, chevalier de la légion d'honneur ; † 26 août 1851, a 76 ans.

Du Brenn (famille).

Dubruel (Pierre-Jean-Joseph, inspecteur général de l'Université, député de l'Aveyron, commandeur de la légion d'honneur; † 28 mars 1828, a 67 ans.

Dubuard (Auguste-Marin, baron, lieutenant-colonel d'infanterie, chevalier de la légion d'honneur ; † 22 juin 1864. — X. *Ricardat*, son épouse.

Ducaurroy de la Croix (Adolphe-Marie), professeur à la faculté de droit ; † 28 juin 1850, à 63 ans. — Charles-Marie-Antoine, son fils, avocat à la cour d'appel ; † 23 juin 1849, à 26 ans.

Duchatelle (Louis-Antoine), membre du collége de pharmacie ; † 4 novembre 1819, à 57 ans.

Duchaussoy (E.-J.), officier de la légion d'honneur; né à Paris, le 17 juin 1794, † à Mèze, (Hérault), le 1er avril 1854.

Duchesne (Pierre-Louis), aucien officier supérieur, chevalier de Saint-Louis, officier de la légion d'honneur; † 5 août 1853, à 70 ans.

Ducis (Jean-Louis), peintre d'histoire, chevalier de la légion d'honneur ; 1er novembre 1773, † 2 mars 1847. Il était neveu du poëte de ce nom.

Ducornet (César), peintre d'histoire ; né sans bras, à Lille, (Nord) ; † 24 mai 1856, à 51 ans.

Ducros (madame), fille de l'Encyclopédiste *Diderot* ; veuve d'un ancien secrétaire de la sécrétairie d'État ; née à Chaumont, (Haute-Marne), le 29 septembre 1752, † 1837.

Ducros de Bellebedro (madame), née Antoinette-Marie La Haye de Launay ; † 13 septembre 1832, dans sa 73e année.

Ducros de Sixt (Sosthènes), chirurgien militaire, chevalier de la légion d'honneur ; † 17 novembre 1843, à 23 ans.

Dudevant de Villeneufve (Louis-Hyacinthe), ancien colonel, ancien député, chevalier de Saint-Louis ; † 27 juin 1851.

Dufossé (Alexandre-Jean-François), doyen honoraire des commissaires priseurs de la Seine ; † 19 septembre 1838.

Dufougerais (baronne), née Louise-Jeanne *Veytard*; † 13 mars 1851, dans sa 78ᵉ année. — Augustine-Elisabeth de ce nom, en religion, sœur *Marie-Stéphanie*, religieuse de la visitation ; † 21 novembre 1841, à 44 ans. — Sa sœur, Caroline-Pauline-Félicie, religieuse de la même congrégation ; † 19 août 1861, à 60 ans. — Madame *Dufaugerais de la Douëpe*, née Joséphine-Émilie *Hurel*; † 1ᵉʳ août 1854, à 58 ans.

Dufour de la Motte (vicomte) ; † 4 janvier 1854. — N. *Pinson*, son épouse ; † 8 septembre 1846.

Dufresne de Beaucourt (Marie-Charles-Firmin-Alexandre), † 29 juillet 1846, dans sa 86ᵉ année. — Bonne-Louise *Briois de Beaumetz*, son épouse ; † 16 novembre 1848, à 72 ans.

Dufresne de la Chauvinière (Pierre-Claude), chevalier de la légion d'honneur, Saumur 24 janvier 1774 ; † 27 décembre 1861.

Dugas de Beaulieu (Jean-Louis): Nancy, 26 août 1788, † 15 juillet 1861. — Louise *d'Hane*, son épouse ; † 9 décembre 1860, à 81 ans.

Du Grippon de Spallière (Jacques-Philippe-Nicolas), ancien mousquetaire du roi, chevalier de la légion d'honneur ; né à Falaise, le 26 mai 1778, † 4 janvier 1854.

Du Hautoy (Charles-Louis-Alexis, comte), maréchal de camp ; † 17 novembre 1838. Dame Sophie-Marguerite *Pinget*, son épouse ; 8 mai 1768, † 10 mars 1833.

Duhesme (Marie-Madeleine-Françoise *Burger*, comtesse), veuve du général de ce nom, et du *comte de Surmain*; † 22 décembre 1857, à 82 ans.

Du Lau d'Allemans (Pierre-Marie, vicomte), lieutenant général, chevalier de Saint-Louis ; né en mars 1752, † 26 juillet 1816. — Catherine-Marie-Élisabeth *de Vergès*, sa veuve ; † 10 juin 1825, à 69 ans.

Dulaure, historien de Paris et de ses environs ; né à Clermont-Ferrand, le 3 décembre 1755, † 9 août 1835. — Antoinette *Béal,* sa veuve ; † 1er novembre 1849, dans sa 94e année.

Du Ligondès (Hercule - Marie - François - Xavier, comte) ; 10 juillet 1768, † 9 octobre 1837. — Dame Marie-Élisabeth *de Montsaulnin*, sa veuve ; 5 mars 1778, † 11 mars 1856. — Leurs fils : Alphonse-François, colonel d'artillerie ; 19 juin 1804, † Marseille, 15 février 1856. — Ferdinand-Paul, ancien capitaine ; 7 septembre 1806, † 29 octobre 1851.

Dumaix (famille).

Du Marais (Claire), † 15 juin 1830, dans sa 12e année. — (Henri), † 15 mai 1847, dans sa 17e année.

Dumarsais (Paul), ancien curé des missions étrangères, chanoine titulaire de la métropole ; † 14 avril 1857, à 62 ans.

Du Mesgnil d'Arrentière (madame), née Antoinette-Sophie-Charlotte-Félicité *Limal ;* † 8 février 1860, à 88 ans.

Dumont (Jacques-Edme), statuaire ; né à Paris, le 10 avril 1761, † 21 février 1844.

Dumont de Signéville (madame), née Madeleine Françoise *de Thélin ;* † 24 mars 1847, à 76 ans,

Dumont d'Urville (Jules-Sébastien-César), contre-amiral ; né à Condé-sur-Noireau, le 23 mai 1790 ; victime avec sa femme et son fils de l'évènement du chemin de fer de Versailles, rive gauche ; du 8 mai 1842.

Dumoulin (Jean-Baptiste), chef d'escadron d'artillerie, chevalier de Saint-Louis, officier de la légion d'honneur ; né à Paris 23 février 1787, † 1er juillet 1854.

Du Moulinet d'Hardemare (comtesse Marthe), née de *Chourses* ; † 4 avril 1847, à 74 ans.

Du Parc (Louis, marquis), né à Paris, 31 janvier 1764, † 1er février 1831. — Constantin-Frédéric Timoléon, comte *du Parc*, son fils ; † 16 mai 1833. — Comtesse Louis *du Parc*, née Marie-Louise-Constance-Pauline de *Caillebot de la Salle* ; 23 avril 1809, † 14 avril 1837.

Du Parc d'Avaugour (Amateur-Louis-Maurice, comte), né au château de Coatizel, (Finistère), le 22 août 1786, † 26 décembre 1863.

Du Parc de Loemaria (Léon-Marie-Joseph) ; † 28 juillet 1856, à 20 ans.

Du Petit Méré (Pierre-Frédéric), homme de lettres, directeur du théâtre de l'Odéon, 17 novembre 1785, à Paris, † 4 juillet 1827.

Dupin (Angélique-Claude-Jules), 27 novembre 1836, † 15 août 1847.

Dupin (Claude-François-Étienne), *baron* conseiller maître à la cour des comptes, ancien préfet des Deux-Sèvres, officier de la légion d'honneur ; † 11 novembre. 1828, à 60 ans. — Sébastienne-Louise *Gély*, sa veuve ; † 20 juillet 1856, à 80 ans. — Leur fils (Antoine-Louis-Gabriel), conseiller référendaire à la cour des comptes ; né à Niort, le 20 décembre 1804, † à Rouen, 1er octobre 1856.

Duplan (Jean-Pierre), conseiller à la cour de cassation ; † 30 novembre 1848. — Marie-Françoise *Raymond*, son épouse ; † 22 mai 1847.

Duplessis (Joseph-Nicolas-Marie, ancien sous-préfet, chevalier de la légion d'honneur ; † à Marseille, le 16 novembre 1860, à 80 ans. — Sépulture de famille.

Dupont (Jacques-Joseph), conseiller référendaire à la cour des comptes, officier de la légion d'honneur ; † 15 septembre 1862, dans sa 83e année.

Du Port de Pont Chara (Charles-Louis-César), colonel d'artillerie ; † 18 janvier 1858, dans sa 71 année.

Duprat (baron), intendant militaire ; † 5 septembre 1839.

Dupré (André), sous-caissier central du trésor public, officier de la légion d'honneur ; né à Paris le 1er octobre 1794, † 10 août 1850.

Dupré (Louis), peintre d'histoire ; né à Versailles, le 9 janvier 1789, † 13 octobre 1837.

Dupuis (Alexis-Casimir), membre de l'académie de médecine, fondateur de l'école vétérinaire de Toulouse ; † 24 septembre 1849, à 74 ans.

Dupuy-Delcourt (Ernest-Hélène), homme de lettres, aréonaute ; † 3 avril 1864.

Dupuy de Grandpré (Pierre-Édouard-Adolphe, comte) ; † 21 juillet 1860, à 58 ans.

Duret d'Archiac (Jean-Victor), juge au tribunal civil de la Seine, chevalier de la légion d'honneur ; † 30 janvier 1852, à 70 ans.

Duronceray (P.-L.), avocat à la cour royale ; † 1er février 1841, à 68 ans.

Dussault (Joseph), homme de lettres, bibliothécaire à Sainte-Geneviève, chevalier de la légion d'honneur; 1er juillet 1769, † 14 juillet 1824.

Dutertre (André), membre de l'institut d'Egypte, chevalier de la légion d'honneur ; † 17 avril 1842, à 80 ans.

Dutertre de Veteuil (Abraham-Isaac); † 6 janvier 1834, à 82 ans. — Son petit-fils : Abraham-François-Paul; † 5 décembre 1838, à 27 ans.

Du Theil (Aglaé-Eulalie-Lydie), madame Anatole de Guillebon ; née à Metz le 31 mai 1801, † 20 novembre 1841.

Duthozet (Jean), chanoine honoraire de Versailles, prédicateur ordinaire du roi ; † 7 juin 1832, à l'âge de 80 ans.

Dutrevou (vicomtesse), née Marie-Virginie Guillemette Brulon, à l'Ile Bourbon ; morte à Paris le 23 mars 1833, à l'âge de 33 ans.

Duval-Pineu (Alexandre-Vincent), membre de l'Académie française, administrateur de la bibliothèque de l'Arsenal, officier de la légion d'honneur ; né à Rennes en 1767, † Paris 1842.

Duverger (madame), veuve d'un lieutenant général, née Marie-Françoise-Caroline-Joséphine *Zaigoëlius*, à Altenach le 22 septembre 1778 ; † 21 janvier 1831.

Duvivier (Nicolas-Jean-Louis), lieutenant colonel d'état major, chevalier de la légion d'honneur ; † 12 juillet 1832, à 52 ans. — Son fils : Charles-René-Adolphe, capitaine au 2ᵉ régiment de zouaves, né le 27 mars 1830 à Clermont-Ferrand ; † en Cabylie le 24 juin 1857.

Duvivier (René-Charles), général de division, tué dans l'insurrection de Paris en 1848. Il était né à Ernée (Mayenne), le 28 octobre 1785. (Sépulture de famille.)

E

Eckstein (baron d'), né à Altona en Danemarck en 1770. Historiographe au département des affaires étrangères ; mort à Paris le 25 novembre 1861.

Ecuy (Jean-Baptiste L'), ancien chanoine régulier, docteur de Sorbonne, 57e et dernier général de l'ordre des Prémontrés, né le 3 juillet 1740, à Yvoi-Carignan (Ardennes); † 22 avril 1834.

Elbée (Marquis d'), lieutenant colonel de cavalerie, chevalier de Malte et de Saint-Louis, officier de la légion d'honneur ; † 25 juillet 1852 à l'âge de 69 ans. — Ermance *de Monti*, son épouse; † 6 mai 1840.

Elie de Beaumont (Armand-Jean-Baptiste-Anne-Robert), né au château de Canon (Calvados), le 2 juin 1772; † Paris 27 août 1844. — Eléonore-Charlotte-Marie *Mercier Dupaty*, son épouse, née à Paris le 6 août 1774; † au château de Canon le 18 octobre 1848. — Fils : Charles-Adolphe-Eugène, juge au tribunal civil de la Seine, né au château de Canon le 21 mai 1801 ; † Paris 4 août 1843. — Marie-Félicité *Le Peletier d'Aunay* , épouse de ce dernier, née à Paris le 15 mars 1808 ; † à Versailles, le 19 avril 1836.

Elissade de Castremont, née Anne-Emilie Daguerre ; † 19 novembre 1845.

Ernouf (Gaspard-Augustin, Baron), maréchal de camp ; 8 décembre 1777 ; † 24 octobre 1848. — Adèle Guédon, son épouse ; † 17 mars 1847 , dans sa 53e année.

Esclans (vicomtesse d'), née de sainte Colombe, morte dans sa 90e année le 16 juin 1858.

Escuyer d'Hagnicourt (comtesse de L'), épouse de sir Robert Adair , † 18 septembre 1852.

Esparbès (L'abbé-Pierre-François d') , aumônier et confesseur du roi ; † 13 décembre 1828.

Espercieux, statuaire ; né à Marseille, le 22 juillet 1757, † 19 mars 1840.

Esperonnier (François-Dominique-Victor-Edouard) général d'artillerie, ancien député de l'Aude ; † 23 mai 1855, à l'âge de 67 ans.

Espeuilles (comtesse d'), née Julie-Rose de Viel, à Montpellier le 5 novembre 1794, chanoinesse de Sainte-Anne de Munich; † Paris 21 novembre 1824.

Espivent (madame), née Madeleine-Françoise-Réné *de Chevigné*, veuve de Antoine-Anne, conseiller au Parlement de Bretagne; † 8 mars 1840, à l'âge de 83 ans.

Espivent de la Villeboisnet (madame), née Marie-Aimée du Merdy de Catuélan, épouse de M. Antoine-Henri Espivent, conseiller à la Cour impériale, morte à Vichy le 22 juillet 1857, à l'âge de 46 ans. — Antoine-Gabriel-Alfred-Henri Patrice, leur fils ; † 9 avril 1855, à 9 ans.

Esquille (marquise d'), née Berthe-Alix-Léa Durand de Monstrol; † 21 septembre 1856, à l'âge de 21 ans.

Estadieu (Gilbert-Augustin), ancien chef de bureau au Ministère de la guerre, chevalier de la légion d'honneur ; † 4 juin 1846, à 82 ans. — Anne-Gabrielle-Louise de *Villiers du Terrage*, son épouse; † 3 mai 1836, à 61 ans.

Estève (Napoléon-César-Xavier, comte); † 26 mars 1864. — Dame Anne-Antoinette-Françoise Villemmot, comtesse douairière de ce nom, sa mère; † 11 février 1865, à 81 ans.

Eynard d'Phocion, général de brigade, commandant de la légion d'honneur, chevalier de Saint-Louis, secrétaire de la Chancellerie de la légion d'honneur; né à Amiens le 8 septembre 1796, † Bellevue (Oise), 6 juin 1861.

F

Fabert (Théodore de), conseiller d'Etat en Russie ; †
Paris 28 novembre 1847, à 81 ans.

Fabre (J.-F.), docteur en médecine ; né à Marseille
le 13 mai 1797; † 24 juin 1834.

Failly (famille de).

Failly (Pierre-Louis-Marie , comte de), capitaine de
vaisseau, chevalier de Saint-Jean de Jérusalem et de Saint-
Louis: † 8 mai 1832. — Marie-Henriette-Olympiade d'*Har-
divilliers,* son épouse ; † 6 janvier 1847.

Fain (Agathon-Jean-François, baron) , ancien secrétaire du cabinet de Napoléon Ier ; né à Paris 11 janvier
1778, † 14 septembre 1836 — Adélaïde-Louise-Sophie
Lelorgne son épouse ; † 4 septembre 1826. — Camille ,
leur fils; † 9 avril 1858. — Dame Adèle-Jeanne-Caroline
Lesieurre-Desbrières, belle-mère de ce dernier ; † 20 juin
1859.

Falcoz de Lablache-D'Haraucourt (Mar -
guerite-Josephe-Gabrielle); † 10 septembre 1849.

Fallot de Beaumont (Etienne-André-François de
Paul, baron), ancien évêque de Plaisance ; né à Avignon
le 1er avril 1750, † Paris 26 octobre 1835.

Farcy (Pierre-Adrien de); † 11 juin 1860, à 79 ans.
— Théophile-Adrien, son fils unique ; † 24 avril 1844, à
17 ans.

Fargues (François-Marie), ancien préfet de la Haute-
Marne, chevalier de la légion d'honneur ; né à Saint-Jean-
pied-de-Port (Basses-Pyrénées), le 12 juin 1785, † 2 novembre 1861.

Faucond de la Vergne (famille).

Faullain de Banville (Claude-Théodore), chevalier de Saint-Louis et de la légion d'honneur ; né à Moulins le 9 juillet 1785, † 5 novembre 1846.

Fayard (famille Maurice).

Féletz (Charles-Marie-Dorimond, abbé de), de l'Académie française ; né à Gimont près Brives-la-Gaillarde le 3 janvier 1767 ; † 11 février 1850.

Fénélon (Charles-Pierre-Louis de Salignac de la Motte, marquis de); né à Paris le 1er avril 1790; † 13 novembre 1849. — Dame Berthe-Camille Louise-Marie de Roncherolles, son épouse; † 1er janvier 1854. — Henri-Charles-François-Théodore, leur fils; né le 13 octobre 1831, † 25 décembre 1852, a Arras.

Fenouillet (madame de), née Marguerite de Fontenilles : † 19 janvier 1848, a 82 ans.

Feret (Georges-Guillaume-Antoine), officier supérieur en retraite, officier de la légion d'honneur, chevalier de Saint-Louis; né à Versailles, le 15 février 1790, † Paris 18 août 1854.

Ferey (Charles-Salomon), 25 avril 1778 ; † 5 août 1831.

Fernex (Jean-Jacques de) : † 10 juillet 1852, a 81 ans.

Ferragut (comtesse de), née Blanche-Charlotte de Roncherolles : † 15 mars 1862.

Ferrand de Missol (madame), née Hortense Huvé ; † 13 novembre 1838, a l'âge de 27 ans. — Léon, son fils; † 14 novembre 1852, a 15 ans.

Ferron (Henri-Emile-Sylvestre de), élève de l'école polytechnique, † 16 janvier 1847, a 21 ans.

Ferry (Claude-Joseph), avocat professeur suppléant

à la faculté de droit de Paris; né à Maglaincourt (Vosges), 4 novembre 1795, † 11 mars 1864.

Feuchères (madame de) née Jeanne *Thomas*; † 10 juin 1849.

Feugère (Léon-Jacques), censeur au collége Bonaparte, chevalier de la légion d'honneur et d'Isabelle d'Espagne; né à Villeneuve sur Vannes (Yonne), le 2 février 1810, † 13 janvier 1858.

Feugère des Forts (Adèle-Jacqueline-Félicité-Marie-Thérèse); † 3 septembre 1859, dans sa 7e année. — Louise-Françoise-Marie *Hua*, sa mère; † 2 octobre 1852, à l'âge de 25 ans.

Feuillet de Conches (Philibert-Jacques); † 13 mars 1842, à l'âge de 66 ans. — Georges-Félix, son fils; † 27 mars 1842, à l'âge de 18 ans.

Féval (Louis-François), doyen des maîtres des comptes, chevalier de la légion d'honneur, né à Rueil-sur-Marne; † à Paris, le 5 août 1852.

Filhos (Pierre-Zozime), avocat, professeur au collége Rollin; né à Nougaroulet (Gers), le 29 avril 1799; † 82 janvier 1851.

Filleul (Nicolas-Edouard), commissaire des guerres adjoint, chevalier de la légion d'honneur. Depuis, directeur des postes; né à Rouen, † à Paris 18 mai 1838.

Flamarens (de Grossolles, marquis de); 22 mai 1762, † 26 octobre 1837. — Dame Christine-Marie-Françoise *Riquet de Caraman*, son épouse; née à Paris, le 23 mai 1774, † 28 mars 1833.

Flandin (Jean-Baptiste), sous intendant militaire; † 8 février 1853.

Floirac (Jacques-Etienne de la Grange-Gourdon, comte de), maréchal de camp, conseiller d'État; † 22 juillet

1842, à 86 ans. — Dame Charlotte-Pierrette *Ferron de la Ferronnays*, son épouse, veuve du *marquis de Goulet*, (Marie-Yves); † 11 mars 1841, dans sa 86e année. — Dame Aglaé-Françoise-Gabrielle *de la Lazerne*, épouse de Pierre-Joseph de la Grange-Gourdon, *marquis de Floirac*; † le 27 juillet 1858, âgée de 72 ans.

Fondreville (Thomas-Louis-César-Lambert, marquis de), pair de France, conseiller d'État, officier de la légion d'honneur; né à Lizieux le 15 novembre 1757, † 17 juin 1846. — Dame Antoinette-Josèphe-Catherine, *comtesse de Becker de Westerstetten*, sa veuve; † 16 octobre 1845. — Françoise-Henriette-Laure, leur fille; † 15 août 1845 à 12 ans et 1/2.

Fontaine de Merville (famille).

Fontanelle (Blaise-Marius d'Épinassy, marquis de); † 3 mai 1858. — Lady Maria-Elisabeth Capel, son épouse; † 30 décembre 1856. — Marie-Tholomée de Fontanelle d'Espinassy, veuve d'un général; mère du marquis; née à Lyon le 20 mars 1764, † à Paris 14 janvier 1842. — Enfants: Eudoxie-Amédée; † 1er février 1851. — Auguste-Alexandre; † 2 juillet 1859.

Fontanges (L'abbé de); † 25 décembre 1829. — Vicomtesse de ce nom, née *Caroline Leyben*; a été une dame d'honneur de Madame Mère de S. M. l'empereur Napoléon; † 11 février 1847, à 70 ans.

Fontanil (L'abbé de).

Forceville (comtesse de), née de Bossal; † 11 mai 1861, à 76 ans.

Foreau de Trissay (Madame veuve), née Marie-Thérèse-Pulchérie Courbe, † 24 novembre 1841, à 83 ans.

Fortoul (Hyppolite-Nicolas-Honoré), ministre de

l'Instruction publique et des Cultes, sénateur, grand officier de la légion d'honneur; né à Digne le 4 août 1811; † aux eaux d'Ems, le 7 juillet 1856.

Fossa (François de Paule Jules-Raymond de), officier supérieur et officier de la légion d'honneur et de Saint-Ferdinand d'Espagne ; † 3 juin 1849, à 74 ans. — Victor, son petit-fils ; † 11 mars 1854 à 27 ans et demi.

Foucault-Saint-Prix (Jean-Marie), ancien sociétaire du Théâtre-Français; né à Paris le 9 juin 1758, † 27 octobre 1834. Inhumé dans la sépulture *Maille*. Il avait épousé la veuve de ce fameux négociant.

Fouchécour (comtesse de), née Charlotte-Antoinette de *Gauville*, † 1857.

Fougère (Amand-Victor), ancien professeur de l'Université; † 16 janvier 1853, à 69 ans.

Fouillac de Padirac (Philippe de), capitaine, † 3 septembre 1862, à 59 ans.

Foucher (Joseph-Désiré), général de division, sénateur, grand-officier de la légion d'honneur ; † 27 février 1860, dans sa 74e année.

Foucquet (Jean-Gabriel-Réné-François, marquis de) maréchal de camp, chevalier de Saint-Louis ; † 25 janvier 1827, à 75 ans 10 mois.

Fouquier (Pierre-Eloi), médecin du roi, professeur à la Faculté de médecine, médecin de l'hospice de la Charité; né à Maissemy le 26 juillet 1776, † à Paris, 4 octobre 1850. — Marie-Louise *Carré*, son épouse ; 16 février 1781, † 10 novembre 1843.

Fourcroy (madame de), née Anne *Torner* ; † 27 mai 1844. — Charles-Marie-Louise-Cornélie, sa fille ; † 31 mbre 1836.

Fournes (marquise de), née Philippine-Thérèse *de*

Broglie, dame de madame *Elisabeth*; ✝ 15 août 1843, dans sa 82e année.

Fournier (Étienne-Pierre), colonel, officier de la légion d'honneur, chevalier de Saint-Louis ; ✝ 24 avril 1849 à 80 ans.

Fournier des Ormeaux (Charles), peintre, homme de lettres; ✝ 18 janvier 1850, à 73 ans. — Pierre-Jean-Paul, son fils, ancien magistrat ; ✝ 23 février 1859, dans sa 41e année.

Foyer (Clément), recteur d'Académie; ✝ 8 mai 1857, à 64 ans.

Franchet de Rans (marquis de), colonel en retraite, chevalier de Saint-Louis et de Saint-Georges ; ✝ 3 mars 1838, à 72 ans.

Franquelin (Jean-Augustin), artiste peintre ; Paris 1799, ✝ 3 janvier 1839.

Fraysse (J.-F.), prêtre ; ✝ 13 juin 1855.

Fremeur (Armand-Louis de la Pierre, marquis de), né à Paris le 1er janvier 1768, ✝ 23 janvier 1843. — Anatole-Charles-Marie, comte de ce nom ✝ 6 avril 1842.

Fremyn de Fontenille Louise, à Paris 16 août 1860, à l'âge de 73 ans.

Frenilly (baronne de), née Alexandrine-Louise-Perrette *Mallon de Saint-Louis* ; ✝ 15 février 1864, à 89 ans.

Freulleville (Marie-Louis-Agil...es, Hélène de la Pissonière, comte de), 16 avril 1794, ✝ 7 août 1856. — Dame Georgine-Henriette-York *Fre...* son épouse; 1796, ✝ 1848.

Frohard de Lamette madame de , née Louise-Marie-Thérèse *Lorrache ou Monyennon*, 27 octobre 1840, à 24 ans.

Fuzy (le colonel Louis), commandeur de la légion d'honneur, chevalier de Saint-Louis ; † 23 février 1832, 86 ans.

G

Gabaille (Ange-Christophe), né à Étampes, le 14 février 1771, conseiller honoraire en la cour d'appel de Paris ; mort en cette ville, le 15 février 1852.

Gachot (Pierre-Claude-Amable), capitaine de frégate, en retraite, chevalier de la légion d'honneur ; † 28 octobre 1858, à l'âge de 62 ans.

Gallis de Mesnilgrand (François), capitaine d'artillerie, chevalier de Saint-Louis et de la légion d'honneur ; † 17 mai 1830, à 49 ans.

Galois (Jacques-Antoine-Raphaël), ancien sous-chef au ministère de la guerre, chevalier de la légion d'honneur ; † 27 mai 1856, à 74 ans.

Galouzeau de Villepin (famille).

Gambier (Alexandre-Pierre), colonel d'artillerie, en retraite, commandeur de la légion d'honneur, chevalier de Saint-Louis ; né à Paris, le 9 octobre 1791, † 14 mars 1854. (Sépulture de famille).

Gannal (Jean-Nicolas), chimiste fameux dans les annales de l'embaumement ; né à Farre-Louis, le 28 juillet 1791, † 1852.

Gardeur-Lebrun (P.-L.-J), colonel de cavalerie ; † 27 juillet 1843.

Garnier (baronne, veuve du lieutenant général), née Marie-Blanche-Dominique *Bocca Cérisola ;* † 12 février 1836.

3

Garnier (Étienne-Barthélémy), peintre d'histoire, membre de l'académie des beaux-arts, chevalier de la légion d'honneur; né à Paris, le 24 août 1759, † 15 novembre 1849.

Garnier (Louis-Hyppolite, artiste; † 6 juin 1856.

Gascq (sépulture de la famille du comte de).

Gascq (madame de), née Louise-Amélie *Arcelot de Dracy*, épouse du président de la cour des comptes; Paris, 18 septembre 1810, † 21 décembre 1848.

Gaudichaud-Beaupré (Charles), botaniste, membre de l'institut; né à Angoulême, le 4 septembre 1789, † 16 janvier 1854.

Gault de la Galmaudière (A.-P.), Rennes, 8 mai 1763, † Paris, 28 octobre 1838.

Gaussart (Louis-Marie, baron), maréchal de camp, commandeur de la légion d'honneur; né à Port à Binson, (Marne), le 7 novembre 1773, † 9 décembre 1838. — Marie-Catherine-Félicité de *Saint-Gilles*, sa veuve; † 27 avril 1855, à l'âge de 86 ans.

Gaymard (Paul); † 10 décembre 1858, à 66 ans.

Gayrard, graveur et statuaire; 1777, 1858.

Genin (François), ancien chef de division au ministère de l'instruction publique, chevalier de la légion d'honneur; né à Amiens, † Paris, 20 mai 1856, à l'âge de 53 ans.

Géraldy (famille).

Gérard (François-Paul Simon, baron), peintre d'histoire; né à Rome, le 12 mars 1770, † Paris, 11 janvier 1837. — Marguerite Françoise *Mattéi*, sa veuve; née aussi à Rome, le 7 avril 1773, † 1er décembre 1848. Jacques-Alexandre *Gérard*, frère du précédent; né à Paris, le 13 avril 1780, † 28 octobre 1832.

Gérard (Stanislas), sous-préfet de Dunkerque, chevalier de la légion d'honneur; † 12 février 1861, à 45 ans.

Gérardin (Etienne), prêtre doyen du clergé de de Saint-Sulpice ; † 18 juillet 1829.

Gérault de Langalerie (Pierre-Henri de), officier supérieur, chevalier de Saint-Louis et de la légion d'honneur; né à Sainte-Foix, (Gironde), le 28 décembre 1766, † 17 octobre 1839.

Gérin-Roze (Jean-Louis-Alfred de), enseigne de vaisseau ; † 16 décembre 1846, à 22 ans 1/2.

Gérusez (Eugène), ancien professeur à la faculté des lettres ; né à Reims, le 6 janvier 1799, † 29 mai 1865.

Gestas de l'Espérous (comtesse), née Marguerite *Destrot* ; † 13 février 1825.

Gesvres (duchesse de), née Françoise-Marie *du Guesclin*, la dernière de son illustre nom ; † 11 septembre 1828, à l'âge de 92 ans.

Gigault de la Salle (Catherine-Emmanuel), conservateur référendaire à la cour des comptes; † 18 août 1838, à 42 ans. — Catherine-Marguerite Vallée, son épouse ; † 1836.

Gilbert (Antoine-Pierre-Marie), ancien maître sonneur de la métropole, conservateur de ce monument, membre de la société des antiquaires de France ; né à Paris, le 8 novembre 1785 ; † 4 janvier 1858.

Gilbert (Pierre), peintre de marine, à Brest, où il était né en 1783, † Paris, 28 avril 1854.

Gillet de Laumont (F.-P.-N.), inspecteur général des mines, membre de l'institut, chevalier de la légion d'honneur ; né à Paris, le 28 mai 1747, † 1er juin 1834.

Gillette (Eugène-Matthieu), docteur médecin de l'hospice des enfants malades et du collége Louis-le-

Grand, chevalier de la légion d'honneur ; † 13 octobre 1859, à 59 ans.

Gineste (François-Regis-Prosper *Epic, vicomte de*); † 1er décembre 1860.

Girard (l'abbé Gabriel-Simon), né à Orléans, le 10 avril 1762, † 13 juin 1840.

Girard (Marguerite-Philippine, *baronne*); † 3 janvier 1833.

Giraudet (Philibert - Hyppolyte), ancien premier avocat-général à la cour royale, conseiller honoraire, chevalier de la légion d'honneur ; † 16 mars 1847, à 70 ans.

Girault de Maisonneuve (Jean-Pierre), ingénieur des ponts et chaussées ; né à Versailles, † Paris, 4 août 1847, à 59 ans.

Giroux (Jacques-Emile), graveur d'histoire ; † 25 février 1846, à 38 ans.

Gisors (famille de).

Goblet-Beaulieux (J.-F.), conservateur référendaire à la cour des comptes ; 20 janvier 1733, † 10 mai 1831.

Godde (famille Alexandre).

Godefroy (Jean), célèbre graveur ; né à Londres d'une famille française en 1771, † à Paris, en septembre 1839.

Gombert (Nicolas de), conseiller à la cour des comptes ; † 3 février 1835, à 91 ans.

Gombert-Pierret (de mÿ), conseiller à la cour des comptes ; † 4 février 1818, à 73 ans.

Gombert de Bailleul (Narcisse-Edouard-Marie, baron), né à Armentières le 25 octobre 1790, † 18 mars 1863.

Gondoin (Jacques), architecte de l'école de médecine et de la colonne de la place Vendôme; né à Saint-Ouen, près de Paris, 9 octobre 1737 , † 29 décembre 1818.

Gonsault (Marie-Eugénie-Henriette de) , 1er mars 1820 , † 11 septembre 1854.

Gonsse de Rougeville (Louis-Alexandre de), né à Soissons le 3 septembre 1807, † 31 mars 1827. — Charles Alexandre, son frère, titré *marquis*, né au même lieu le 21 janvier 1809, † 16 mars 1845. — Dame-Caroline Angélique *Boquet, marquise de Gonsse*, leur mère, sœur d'un général; née à Soissons le 9 novembre 1784 ; † 2 mars 1844.

Goret (Charles) , ancien jurisconsulte ; né à Roye (Somme), 11 septembre 1748; † 13 novembre 1835.

Gosselin (famille Charles).

Goudenhowe (comtesse de), née *comtesse de Briey*, 16 juillet 1780, † 16 février 1860.

Goujon (Antoine-Edouard-Eugène) , avoué de première instance; † 18 juin 1848, à 38 ans.

Goujon de Thuisy (Victorine-Marie-Charlotte de); † 29 avril 1840, à 18 ans.

Gounod (Urbain-Louis) , architecte du gouvernement ; † 6 avril 1850, à 42 ans.

Gourgues (madame de) , née C. M. E. Carrère ; † 23 juin 1830, à 77 ans.

Gourlier (Charles-Pierre), architecte ; Paris 1786, † 15 février 1857.

Goussaincourt (J.-N.-C. de) ; † 21 février 1849 , à 29 ans.

Goussard (Alexandre), conseiller-maître à la cour des comptes, chevalier de la légion d'honneur; † 26 juin 1842, à l'âge de 90 ans. — Charles-Eugène-Félix, son fils ,

3.

ancien officier d'artillerie, conseiller-maître à la cour des comptes, officier de la légion d'honneur; † 8 février 1848, à 58 ans.

Gouvello de Keryaval (marquise de), née Catherine-Charlotte *de Peyrac*; † 11 novembre 1837, 75 ans.

Goyon (Michel-Augustin, comte de), colonel des gardes du roi, gentilhomme de sa chambre, ancien préfet de Seine-et-Marne; † au château de Chantenaye (Loire-Inférieure), 22 novembre 1851, dans sa 87e année. — Dame Antoinette-Hyppolite-Pauline *de la Roche-Aymon* son épouse, dame pour accompagner madame la Dauphine; † 19 juillet 1825. — Marie-Victoire-Ida de Goyon, leur petite fille; 3 mai 1842, † 16 décembre 1851.

Grammont-Caderousse (famille).

Grammont-Thénard (Antoine); 8 novembre 1853, à 70 ans.

Grasset d'Orignac (madame Bernard), née Marie-Thérèse *Villiers*; Paris 5 mars 1744, † 16 juin 1826.

Gratry (Louis-Joseph), ancien commissaire des guerres, chevalier de la légion d'honneur; † 28 août 1854.

Gravier (Jean-Simon), libraire; né au Bez (Hautes-Alpes), 25 décembre 1770, † 6 mai 1839.

Grayo de Keravenant (Pierre-Joseph), curé de Saint-Germain-des-Prés, chevalier de la légion d'honneur; † 25 mai 1831, à 89 ans.

Grégoire (Henri, comte), ancien évêque constitutionnel de Blois, député aux États-Généraux et à la Convention, sénateur, membre de l'Institut, commandeur de la légion d'honneur; né à Veho (Meurthe), le 4 décembre 1750; † 28 mai 1831.

Grellet (Claude-François), ancien oratorien; né à Dôle (Jura), 3 février 1767, † 26 février 1850.

Grenet de Florimond (Agathe-Antoinette); † 15 mars 1825, à 77 ans.

Grimauld (Georges-Louis-Marie-Alphonse *Houbé*, vicomte de) ; 2 août 1841, † 12 août 1853.

Grollier (Antoine-Charles-Eugène, comte de), ancien capitaine au régiment de Berry, veuf de Bonne-Désirée *de Choiseul-Praslin*; né à Lyon en 1765, † 16 juillet 1810. — Marie-Mathilde, leur petite fille ; 8 décembre 1836, † 12 février 1838.

Guéau de Reverseaux (Paul), prêtre de la société de Jésus; † 25 janvier 1842, à 37 ans.

Guénand (Blanche-Nicole, comtesse de), ancienne chanoinesse du chapitre de Saint-Martin et de Saint-Louis de Troarne ; † 1855 dans sa 92e année.

Guéneau de Mussy (François), docteur en médecine ; né à Semur (Côte-d'or) 11 juin 1774, † 30 avril 1857. — Philibert, son frère ; né au même lieu, 19 avril 1776, † 8 février 1834. (Sépulture de famille).

Guérin (Jean-Baptiste-Paulin) peintre d'histoire, chevalier de la légion d'honneur; Toulon 1783, † Paris, 1855.

Guérin (Jean-Etienne-Victor), lieutenant colonel d'artillerie, officier de la légion d'honneur, chevalier de Saint-Louis; 1783, † 1844.

Guérin (Jean-Pierre-Philibert), peintre de paysage ; Marseille 26 septembre 1805, † 10 février 1846.

Guérin-Desbrosses (Dominique), docteur en médecine ; Angers 5 janvier 1785, † 27 février 1834.

Guéroult (Georges-Alphonse, comte de), † 21 avril 1851, à 44 ans.

Guesnon de Beaupré (Frédéric-Marie-Calixte), élève de l'école polythecnique ; 7 septembre 1824, † 11 septembre 1845.

Guichard (Jean-Baptiste), inspecteur général des ponts et chaussées ; 22 décembre 1795, † 1er janvier 1857.

Guignes (Chrétien-Louis-Joseph de), consul de France à la Chine ; Paris, 20 août 1779, † 8 mars 1845.

Guilbert (Armand-Charles), ancien curé de Bobigny ; 1791 † 1855.

Guillemot (C.-A.), peintre d'histoire ; né à Paris le 7 octobre 1786, † 19 novembre 1831. — Sa veuve ; morte à Saint-Germain-en-Laye, en 1833.

Guillois (Charles-Antoine-Gabriel), contre-amiral, conseiller d'Etat, grand officier de la légion d'honneur ; né à Paris le 25 juillet 1795, † 19 mai 1860.

Guillois (Madame), fille de l'infortuné poète *Roucher* ; † 25 mai 1834, à 59 ans.

Guillon de Loize (Abel-François), membre du conseil général de l'Ain ; 11 octobre 1790, † 7 mai 1845. — Julienne-Joséphine *de la Servette*, sa veuve ; 19 mars 1794, † 19 novembre 1856.

Guillon de Montléon (Aimé), docteur en théologie, conservateur à la bibliothèque Mazarine ; né à Lyon le 24 mars 1758, † 12 février 1842.

Guillot (baron, François-Joseph) général de brigade, grand officier de la légion d'honneur ; † 18 mai 1862, à 66 ans.

Guingret (Pierre-François), maréchal de camp, 24 mars 1764, † 12 janvier 1843. — Rose-Madeleine *Duparc*, sa veuve ; née à Valognes, 22 janvier 1750, † 28 avril 1847.

Guyon (comte de), lieutenant-général † 23 octobre 1861.

Guyot (Pierre-Martin, officier de l'université, professeur au collège Saint-Louis ; † 13 septembre 1832, à 37 ans.

H

Hachette (Louis-Christophe-François), né à Réthel (Ardennes) le 5 mai 1800, † au Plessis-Piquet, en 1864. Savant éditeur. (Sépulture de famille).

Hailly (César-Auguste-Joseph, baron d'), ancien secrétaire de légation, chef de bureau du secrétariat des commandements de S. M. l'Impératrice, officier de la légion d'honneur, † 1er mars 1860, à l'âge de 69 ans.

Hainault (Claude de), † 25 octobre 1845.

Hamouy (Marie-Victoire), veuve d'*Acloque*, commandant de la garde nationale de Paris en 1792 ; † 20 mars 1827, à 75 ans.

Harcourt (famille Robert d')

Harcourt (Eugénie-Laure-Marie d'), née à Paris le 13 janvier 1831, † 27 janvier 1835.

Hardy (Paul-Auguste-César-Alexandre), né à Etampes, † 31 janvier 1831, à 74 ans. (Sépulture de famille).

Hautpoul (comtesse d'), née Anne-Marie *Gauthier de Coutance* ; veuve, 1° de Pierre-Jules-Joseph-Marie-Jean-Michel Brandoin Balaguier, *marquis de Beaufort* ; 2° de Charles-Benjamin, comte d'Hautpoul, maréchal de camp en retraite; née à Paris le 9 mai 1763, † 20 octobre 1837. — Benoit-Edouard-Madeleine Balaguier. — Beaufort, *marquis d'Hautpoul*, son fils, colonel du génie ; né à Paris, le 16 octobre 1782, † 24 juillet 1831.

Haxo (Camille-Eugène-Hyppolite), fils du lieutenant général, baron de ce nom ; attaché à l'ambassade française à Constantinople; † en cette ville, le 3 novembre 1851, à 19 ans 1/2.

Hébrail (Marie - Paul - François - Gaétan - Casimir, comte d'), chevalier de la légion d'honneur, † 17 mai 1857 à 77 ans.

Hédouville (Charles-Théodore-Ernest, vicomte de), officier d'état-major, officier de la légion d'honneur ; né le 19 mái 1809, † 25 avril 1859 — Alix de *Saint-Simon*, son épouse ; † 23 juin 1855.

Hédouville (comtesse de), née Charlotte-Ernestine de *Courbon-Blénac ;* † 28 septembre 1846.

Hello (Charles-Guillaume), conseiller à la cour de cassation, officier de la légion d'honneur ; † 12 mai 1850, à 63 ans.

Hémart (baronne), née Dorothée Adélaïde *Durand*, épouse de Jules Sébastien-César ; † 24 juillet 1845, à 84 ans.

Hemery (Pierre-Augustin), conseiller à la cour royale, officier de la légion d'honneur ; Paris 20 avril 1744 ; † 18 juillet 1834 (sépulture de famille.)

Hennequin (famille de l'avocat.)

Henri (Maurice), colonel du corps royal des ingénieurs géographes, chevalier de Saint-Louis et de la légion d'honneur, membre des académies de Saint-Pétersbourg et de Munich ; 31 mai 1763, † 25 avril 1825.

Henrion (François-Joseph, baron), général d'artillerie ; Metz, 27 janvier 1776, † Paris, 5 août 1849.

Henrion de Pensey (Pierre-Paul-Nicolas, baron), premier président de la cour de cassation ; né à Treveray (Meuse), le 28 mars 1742, † 23 avril 1829.

Henri Jean, ancien chef de division à la préfecture de police, chevalier légionnaire ; 30 janv. 1755, † 24 juin 1836.

Henri (François-Louis), ancien professeur du conservatoire de musique, ancien acteur de l'Opéra-Comique ; 12 mai 1786, † 23 février 1855.

Héritier (Louis-François l'), hommes de lettres; Bourg (Ain), 31 mai 1790 , † Paris, 12 juillet 1852.

Hersent (famille Alexandre).

Hervey (Baron d'), 30 octobre 1780 †; 4 juin 1858.— Marie - Louise - Joséphine - Mélanie *Juchereau, de Saint-Denis*, son épouse ; † 18 septembre 1844.

Hervilly (Comtesse d') née *La Cour de Balleroy* ; † 11 mars 1830, à 72 ans.

Hervo (Hyacinthe-Marie), lieutenant-colonel d'état-major, officier de la légion d'honneur ; chevalier de Saint-Louis ; né à Quimperlé, le 28 janvier 1779 , † 5 octobre 1845.

Hervy (A. Osmin), préparateur à l'école de pharmacie ; † en 1845, à 25 ans, victime de la science.

Herwyn de Nevelle (Pierre-Antoine, comte), pair de France, grand officier de la légion d'honneur ; né le 18 septembre 1753 à Hondscoote (Flandre), † 10 mars 1824. — Aurèle - Constance-Persévérande *Van Der Meersch*, son épouse ; 5 juillet 1849, à 76 ans † (sépulture de famille).

Heuqueville (l'abbé), curé de Saint-Nicolas du Chardonnet.

Hochereau (Chrétien-Charles-Basile d'), ancien Directeur des domaines du département de la Seine, chevalier de Saint-Louis et de la légion d'honneur; † 17 mars 1849, à 75 ans.

Hocke (Guillaume-Séraphin, baron de), ancien colonel, chevalier de Saint-Louis ; 2 juillet 1755 , † 27 juin 1826.

Houdon (Jean-Antoine), statuaire, membre de l'Institut ; né à Versailles le 20 mars 1741, † 6 juillet 1828. Il partage la tombe de M. *Raoul-Rochette*.

Hua (Théodore), juge honoraire au Tribunal de la Seine, † 5 février 1864, à 67 ans.

Huart (Félix), artiste dramatique ; † 10 mai 1828.

Hubert (Charles-Clair), général de division, commandeur de la légion d'honneur ; 10 mars 1855.

Hue de Grosbois (Antoine, chevalier ; † 10 avril 1851. — Dame Claudine *Courtin de Saint-Vincent*, son épouse ; † 18 janvier 1843.

Hugo (Abel, comte), homme de lettres ; frère de Victor † 8 février 1855, à 57 ans.

Hullin (Pierre-Augustin, comte), lieutenant-général ; né à Paris le 6 septembre 1758, † 9 janvier 1841.

Hullin de Boischevalier (Louis-Joseph), † 24 mars 1823, à 81 ans, (sépulture de famille).

Hunolstein (Jean-François-Léonor, baron d'), lieutenant-général, commandeur de Saint-Louis, officier de la légion d'honneur ; † 4 mars 1832. Dame Victoire-Gabrielle *Plécard de Cherisey*, son épouse ; † 6 mai 1831.

Hureau de Senarmont (Henri, ingénieur en chef des mines, membre de l'Institut ; né le 13 septembre 1808, † 30 juin 1862. — Louise-Rose-Victoire *Ferry*, son épouse ; née le 2 mai 1817, † 3 septembre 1840.

Huxiller (Ernest d'), 16 mars 1847, à 33 ans.

Hyacin-Furey, homme de lettres, né à Paris le 24 décembre 1795, 2 mai 1858.

Hyver, député de la Manche, † 8 octobre 1826.

J

Imbert (Marie-Antoine, docteur en médecine ; né au Port au Prince le 13 décembre 1803, † 26 octobre 1826.

Itard (Marie-Gaspard), docteur en médecine, chevalier

de la légion d'honneur, né à Riez le 24 avril 1774, † à Beauséjour, commune de Passy, le 5 juillet 1838. Il a laissé aux sourds-muets dont il était le médecin, une rente perpétuelle de 8000 francs ; et une autre rente de 100 francs à l'Académie royale de médecine.

Irriberry-d'Oxamindi (Richard-P.d'), élève ingénieur ; † 6 mai 1859, dans sa 21e année.

J

Jacotot (Mme Joseph), née Désirée de *Facq* ; épouse de l'auteur de la méthode d'émancipation intellectuelle qui porte son nom, né à Dijon le 4 mars 1770, † 30 juillet 1840. (Inhumé au cimetière de l'Est.) — *Henri Victor*, leur fils, docteur-médecin ; † 10 mai 1862 dans sa 64e année.

Jacquemont (François-Joseph-Porphyre), lieutenant colonel d'artillerie, officier de la légion d'honneur. Arnouville 1er mai 1791, † Paris, 7 août 1854.

Jacques (Dominique, baron de), † 27 avril 1839, à 78 ans.

Jacques (Joseph), chef d'escadron d'artillerie en retraite, bibliothécaire de l'hôtel des Invalides, né à Jauville (Meurthe) le 25 novembre 1778, † 26 mars 1844.

Jacquinot de Pampelune (Claude-François Joseph-Catherine), procureur-général près la cour royale de Paris, député de la Seine, commandeur de la légion d'honneur ; né à Dijon le 7 mars 1771, † 6 juillet 1835. (Sépulture de famille).

Jacquot (Camille), élève ingénieur des mines, † 18 mai 1844, à 25 ans.

Jamelin de la Jamelière, (le colonel). † 1er octobre 1843, à 86 ans.

Janault (Théodore-Eugène), ex-aspirant de la marine impériale, blessé grièvement à 16 ans, en 1809, à la Martinique. Lieutenant de marine, chevalier de la légion d'honneur; † aux Invalides le 23 septembre 1849.

Janet (Victor), architecte; † 21 septembre 1849, à 31 ans.

Janzé (Henri-Edouard, vicomte de), † 15 octobre 1855, à 43 ans.

Jard-Panviller (Charles - Marcellin), pair de France, membre de la cour des compte; né le 30 mars 1789, † 1er avril 1852.

Jaussart (Mme) née Marie-Catherine-Félicité de *Saint Gilles;* † 27 avril 1855, à 86 ans.

Jeuslin de Villiers (L.-F.-P.), 16 janvier 1850. — M.-M.-B..., sa veuve; † 20 septembre 1857.

Jobart (l'abbé Joseph-Philippe), 26 octobre 1861, à 71 ans.

Jolly (Dominique), architecte de jardins; † 29 septembre 1830.

Joly (Alfred-Jean-Louis de), général de division, grand officier de la légion d'honneur; 7 mars 1792†, 14 nov 1862. — Marguerite *Goué,* sa mère, veuve de Auguste *Joly de Saint-François,* receveur des finances à Clermont (Oise), † 8 août 1856, à 76 ans.

Jouenne d'Esgrigny (François-René-Jean-Marie de), † 27 mars 1856, à 79 ans.

Jouffroy d'Abbans (Marquise de), née Augustine Amélie de *Gestas de Lesperous,* † 27 février 1829.

Jouvencel (Paul-Hyppolyte de), né à Versailles le 4 novembre 1798, † 30 décembre 1861.

Juchereau de Saint-Denis (Pierre - Antoine, baron de), général de briga e en retraite, ancien ministre plénipotentiaire de France en Grèce, commandeur de la légion d'honneur, chevalier de Saint-Louis ; né à Bastia, † 19 septembre 1850, à 74 ans.

Juigné (l'abbé René) ancien desservant ; † 22 août 1827, à 65 ans.

Juigné (Jacques-Gabriel-Louis-Leclerc, marquis de), lieutenant-général ; né en 1727, † 4 août 1807. — Claudine-Charlotte *Thiroux de Chameville*, son épouse ; née le 12 mai 1743, † 29 avril 1827. — *Charles-Philippe-Gabriel*, leur fils, marquis, pair de France ; né le 30 octobre 1762, † 1ᵉʳ mars 1829.

Jumilhac (Joseph-Léon-Marie *Chapelle*, comte de), † 7 novembre 1854, à 80 ans.

Jussieu (Antoine-Laurent de), membre de l'Institut ; né à Lyon le 12 avril 1748, † 17 septembre 1836. — Thérèse-Adrienne *de Boisneuf*, sa veuve ; † 12 février 1857, à 89 ans. — Antoinette-Jeanne-Zoé *de Jussieu*, née à Paris, 17 janvier 1782, † 15 avril 1858. — Félicie *de Jussieu*, † 6 avril 1831. — Adrien *de Jussieu*, 29 juin 1853.

K

Kmaingant (M.-F.) Inspecteur général des ponts et chaussées, commandeur de la légion d'honneur ; † 17 juillet 1856, à 77 ans.

L

La Bachellerie Jacques-Frédéric-Guillaume de), colonel de cavalerie, commandeur de la légion d'honneur, chevalier de Saint-Louis ; 30 décembre 1782, † 4 juin 1848.

Laban (l'abbé) ami et commensal de Clarke, *duc de Feltre*, dont il éleva les enfants ; † 1827.

Laborde Colonel de la vieille garde; † 1859.

Laborde (l'abbé Jean-Joseph); † 16 avril 1855.

Labric (Aristide), docteur en médecine, chevalier de la légion d'honneur, médecin de l'hospice des ménages ; né à Paris le 18 décembre 1794, † 10 décembre 1859.

Labro (vicomte de), chef d'escadron en retraite, chevalier de Saint-Louis; † 28 janvier 1857 à 63 ans. — N. sa fille ; † 9 juillet 1833, à 16 ans.

La Coste (Hyppolite-Benjamin-Sylvestre *Frottier*, comte de); †9 février 1828 à 33 ans.--Dame Rose-Appoline *Jard-Panvillers*, comtesse Pr.-J.-B. de La Coste; † 15 juillet 1845, à 29 ans.—Eugène Gaston de La Coste; 15 août 1838, à 34 jours.

Lacour (Jean-Baptiste-Alexandre), maréchal de camp, commandeur de la légion d'honneur, chevalier de Saint-Louis ; † 5 février 1845, à 67 ans. — Marie-Françoise-Alexandrine-Henriette *Chastelain*, sa veuve; † 21 mars 1857, à 62 ans.

Lacroix (Jean-Baptiste), chef d'escadron, chevalier de Saint-Louis et de la légion d'honneur; 30 septembre 1781, † 31 janvier 1848.

Lacuée (le général), frère du comte de Cessac ; † 18... — Jeanne-Marguerite *de Bausset*, son épouse, sœur du cardinal ; née à Pondichéry, en février 1735, † en septembre 1807.

Lafitte (Justin, baron, lieutenant-général, député, membre du conseil général de l'Ariége, commandeur de la légion d'honneur ; né le 4 juin 1772, † 27 août 1832.

Lafon de la Vernéde (Nicolas), chef à l'administration des postes, chevalier de la légion d'honneur ; † 29 mars 1850.

Lafont (famille de).

Laforest Divonne (comtesse de) ; née Charlotte-Véronique-Françoise née *Montlezun-Busca*, dame de la Croix étoilée ; † 17 février 1857.

La Garde (Charles *de Pelletier*, comte de), pair de France, maréchal de camp, commandant de la légion d'honneur, chevalier de Saint-Louis ; † 18... — Auguste-Marie-Balthazar Charles *de Pelletier*, *comte de La Garde*, aussi maréchal de camp; commandeur de Saint-Louis, de la légion d'honneur et de Jérusalem ; né au château d'Apremont, (Hautes-Alpes, le 20 avril 1780, † 5 avril 1834.

La Garde de Boutigny de la Pailletterie, (Achille-Honoré-Jules, chevalier de) ; † 6 février 1861, à 79 ans. — A.-G.-L. *Play*, son épouse ; † 4 juin 1832, à 34 ans.

Lagonde de Crénolle (Henri-Alexis, baron); † 8 octobre 1838. — Marie-Antoinette *Lagonde de Crénolle*, sœur de Saint-Vincent-de-Paul ; † 17 septembre 1837, à 25 ans. — Marie-Claire-Mathilde de *Crénolle-Morlaix* ; † 18 septembre 1834, à 18 mois. — Dame Claire Nicolle *de Quengo de Tonquedec, marquise de Crénolle ;* née à Bordeaux, † à Versailles le 28 avril 1857, à 51 ans.

La Gorse (comtesse de), née Catherine-Adélaïde-Sophie Lavaux ; † 27 octobre 1847, à 75 ans.

Lagrénée (Théodore-Joseph-Marie-Melcchior de), ancien ministre plénipotentiaire, ancien pair de France ; né à Amiens, le 14 mars 1800, † 26 avril 1862.

La Ramayde de Saint-Ange (Jacques - Louis de), architecte; 29 avril 1780, † 3 mai 1860.

Lallart de Berlette (madame), née Albertine-Josèphe *Lallart de le Bucquière*. Arras, 17 janvier 1753, † 29 avril 1828.

La Magdeleine (Josèphe de) ; † 14 décembre 1854 dans sa 4e année.

Lamandé (Mandé-Corneille), inspecteur général des ponts-et-chaussés, ancien député de la Sarthe, officier de la légion d'honneur ; né aux sables d'Olonnes, le 16 août 1776 , † 1er juillet 1837. — *Henri-Auguste,* de ce nom, son fils ; inspecteur des finances, chevalier de la légion et de l'ordre du Metijdé ; né à Paris, le 21 juin 1816, † 26 juin 1858. — Leur épouse et mère ; † 1853.

La Marche (Barthélémy-Philippe-Félix *Fyot,* marquis de) ; né à Dijon, le 25 avril 1765, † 21 mars 1842. — Dame Marie-Françoise-Alexandrine *d'Héricy,* son son épouse ; † 7 septembre 1811, à 27 ans. — Dame Louise-Philippine-Geneviève *de Cocherel, marquise de La Marche ;* leur belle-fille ; † 19 juin 1846, à 56 ans.

La Marre (famille de).

Lambert (marquise de), née Marie *Anisson du Perron,* épouse du marquis Henri Joseph, ancien officier général ; † 5 août 1802.

Lambin d'Anglemont (Didier-Gabriel), né à Damvilliers, (Meuse), le 17 juillet 1785 , † 17 juin 1857. — son épouse, Sophie-Thérèse-Louise, *baronne de Benoit de Gentissart,* née à Gand, le 25 mars 1792. (Cette inscription est gravée à l'avance).

La Motte-Guéry (Nicolas - Edouard - Chrystophe de), ancien colonel, commandeur de la légion d'honneur, chevalier de Saint-Louis ; † 31 janvier 1843.

Lamy (Armand-François, baron), maréchal de camp du génie, conseiller d'état, député de la Dordogne ; † 5 novembre 1839, à 58 ans.

Landrieu (Jean-Aimé), curé des paroisses de Sainte-Valère, et de Saint-Pierre-du-Gros-Caillou, chanoine ho noraire d'Orléans ; † 22 décembre 1835 , à 41 ans. (Sépulture de famille).

La Neuville (Casimir-Bénigne-Jean de), intendant militaire, chevalier de Saint-Louis, commandeur de la légion d'honneur et de l'ordre de Léopold de Belgique; né à Versailles, le 8 août 1779, † 24 juin 1858.

Lange (François), commissaire-général de la Marine, en retraite, officier de la légion d'honneur ; né aux Cayes Saint-Louis, (Ile de Saint-Domingue), le 28 février 1779, † 3 juin 1859.

Langlois (Charles-François), supérieur du séminaire des Missions étrangères ; † 31 juillet 1851, à 84 ans.

Langlois (Georges-Zacharie), ingénieur civil ; né à Meudon, le 6 septembre 1824 , † 25 avril 1854.

Langlois (Jérôme-Martin), peintre d'histoire, membre de l'institut, chevalier de la légion d'honneur ; né à Paris, en 1779, † 17 novembre 1829.

Lannoy (comte de) ; † 4 mars 1862. — Blanche, sa fille ; † 22 mars 1855.

Lansade (madame de) , née Fanny Hanin ; † 26 avril 1861.

Lantage (Alexandre-Eugène , comte de); né au château d'Arnicourt,(Ardennes),19 novembre 1794 , † 28 octobre 1852.

La Papotière (Stanislas *L'Écuyer*, comte de) ; † 22 février 1845.

Lapie (Pierre), ancien colonel ; † 30 décembre 1850, dans sa 74e année.

La Piquelière (madame de) ; † 13 mars 1862.

Laporte (Mathieu), greffier en chef de la cour de Cassation ; † 9 juillet 1841. — Mathieu, son fils, lieutenant-colonel d'infanterie; † à Neuilly, le 27 novembre 1856.

La Porte de Riantz (Guy-François-Henri, comte de), chevalier de Saint-Louis ; † 20 janvier 1835, à 85 ans. — Catherine-Françoise *de Romicourt*, sa veuve ; † 4 novembre 1839, à 76 ans.

La Porterie (Louis-François, comte de), maréchal de camp ; 23 juin 1765, † 28 octobre 1837. — Amable-Pauline, sa sœur, veuve de M. *Charpy* ; † 14 décembre 1839, à 59 ans.

Larminat (Louis de), capitaine, chevalier de la légion d'honneur ; † 19 avril 1853 à 57 ans. — Marie-Rose-Thomas, sa mère ; † 9 mars 1857 à 83 ans.

La Rivière (Pierre-François-Joachim-Henri de), conseiller à la cour de Cassation ; † 2 novembre 1838, à 77 ans,

La Roche-Aymon (Charles - Antoine - Étienne - Paul, marquis de), ancien colonel de hussards, pair de France, lieutenant-général, écrivain militaire ; né le 28 février 1772, † 16 mai 1849. — Dame Colette-Marie-Paule-Hortense-Bernardine de *Beauvilliers Saint-Aignan*, son épouse ; *Dame de Marie-Antoinette* ; † 23 août 1831, — Leur petite-fille, Charlotte-Marie-Pauline de *La Roche-Aymon* ; † 30 janvier 1826.

La Roche-Aymon (Guillaume-Marie, vicomte de), lieutenant-général, gentilhomme de la chambre de Monsieur, chevalier de Saint-Louis ; † 13 avril 1824, à 70 ans 8 mois. — Dame Marie-Thérèse-Louise *Le Caron de Chocqueuse*, son épouse ; veuve de M. Bauldry, † 23 mars 1851, dans sa 88ᵉ année.

La Rochefoucauld Liancourt (famille Gaétan de), chef, Frédéric, *marquis*, ancien député ; † 15 avril 1863, à 84 ans.

La Rouzière (Marie-Antoinette-Mathilde de) ; † 10 juin 1862.

La Salle (Marie-Charles *de Caillebot*, comte de), lieutenant-général; † 2 avril 1835, à 66 ans. — Pauline-Éléonore, sa sœur; † 2 décembre 1850, dans sa 78e année. — Louis de *Caillebot*, marquis, *de La Salle* ancien colonel, chevalier de Saint-Louis; né à Paris, le 31 janvier 1761, † 1er février 1831.

Lasteyrie du Saillant (Charles Philibert, comte); né à Brives-la-Gaillarde, le 4 novembre 1759, † 3 novembre 1849. — Marie-Geneviève-Jeanne, sa fille; née au Saillant, le 9 mars 1770, † 17 novembre 1842. — Pierre-Charles-Washington Raymond, son petit-fils, né à Paris, le 24 décembre 1847, † à Montpellier, le 31 juillet 1848. — Charlotte; 1800, † 1808. — Claudine-Victoire-Pauline; 1801, † 1806.

Lastic (comtesse de) née Anne *Menars*, † 24 janvier 1819, à 85 ans. — La même sépulture a reçu les restes de Mlle *Champion de Cicé*, † 26 avril 1818, à 69 ans· Son nom a figuré dans l'affaire de la machine infernale.

Latruffe-Montmeylian (Nicolas), ancien avocat du conseil d'état; † 7 août 1856.

Laugier (André), professeur de chimie au muséum, directeur de l'école de pharmacie, chevalier de la légion d'honneur; 1er août 1770, † 18 avril 1832.

Laurent (J.-M.-Louis), de Toulon, (Var), ancien chirurgien en chef de la marine, savant naturaliste, chevalier de la légion d'honneur; † 30 janvier 1854, à 69 ans.

Laurent (Paulin), artiste de la manufacture de Sèvres; † Paris, 8 février 1860.

Laurichesse (l'abbé), premier vicaire de Saint-Thomas-d'Aquin, chanoine honoraire de Paris, de Saint-Flour et de Pamiers; † 26 novembre 1862, dans sa 68e année.

Lavaux (Christophe), avocat, chevalier de la légion

5.

d'honneur; †11 janvier 1836, à 88 ans. — Anne-Rose-Sophie *de Sénnemont*, son épouse ; 9 décembre 1829, à 78 ans.

Laverne (comtesse de), née Anne-Françoise-Gabrielle-Juste de *Barjon ;* † 24 décembre 1844.

La Ville de Mirmont (Alexandre - Jean - Joseph de), maître des requêtes au conseil d'Etat, inspecteur général des prisons, de la société des auteurs dramatiques, officier de la légion d'honneur ; né à Versailles. le 18 avril 1783, † 1er octobre 1845.

Lavilléon (Jean-Toussaint-Achille de), Lieutenant-colonel en retraite, officier de la légion d'honneur, chevalier de Saint-Louis et de Saint-Ferdinand d'Espagne ; né le 14 mars 1789, † 6 mai 1857.

Lebeau de Germanleu, conseiller à la cour de cassation, ancien député, ancien membre du conseil général de la Seine ; né le 7 septembre 1765, † 14 mai 1846.

Lebeau de Montour (François-Pierre-Henri, et Antoine), inhumés dans le caveau de la famille *Cochin*.

Lebeschu de la Bostays (famille).

Lebois de Glatigny (madame), née Emilie-Rose-Victoire *Leclerc-Duport ;* 29 octobre 1778, † 18 avril 1853. — Maria ; † 14 mai 1848, à 35 ans. — Mélanie, 1803, † 13 juillet 1853, (ses enfants).

Lebon (madame), née Marie-Elisabeth *Régniez*, veuve de Gislain-François-Joseph *Lebon*, député à la Convention nationale ; 7 avril 1774, † 23 février 1830.

Leboul (Michel-Christophe-Jean), général d'artillerie; 27 avril 1781, † 29 décembre 1857.

Le Bouteiller (marquise) ; née Anne-Clémentine-Philippine *de Rancher ;* † 24 avril 1856, dans sa 75e année.

Le Bozec de Saint-Malo (Françoise-Bastienne); † 22 avril 1862, à 62 ans.

Lechaudé d'Anisy (Amédée-Louis; † 23 août 1857, à 86 ans.

Lechevallier (Jean-Baptiste), conservateur à la bibliothèque Sainte-Geneviève, chevalier de la légion d'honneur; né à Trelly, (Manche), le 1er juillet 1752, † 2 juillet 1836.

Lecoin (Louis-Joseph, ancien curé et prieur commandataire dans le diocèse de Soissons, ancien principal du collége de Salon, (Bouches-du-Rhône), prêtre de Saint-Etienne-du-Mont ; † 8 novembre 1843, à 85 ans.

Lecointre (l'abbé François-Louis-Philippe); † 10 juin 1850, à l'âge de 91 ans.

Lecontour (Jean-François), conseiller à la cour de cassation, officier de la légion d'honneur ; † 14 août 1826, à 75 ans.

Lecrosnier (Charles-Michel), conseiller référendaire à la cour des comptes ; né à Paris le 22 février 1775, † 16 mai 1838. — Marie-Angélique-Victoire *Lenoir*, sa veuve ; née à Paris le 22 février 1792, † 2 juillet 1855.

Ledissez de Penanrun, ancien député du Finistère, chevalier de la légion d'honneur ; † 19 décembre 1834, à 70 ans.

Ledoux (famille du médecin).

Le Dreuil (l'abbé Auguste-François-Agathocle Urbain), aumônier du Val de Grâce, chevalier de la légion d'honneur ; † 18 septembre 1860.

Lefebvre (Antoine-Hyppolite), ancien oratorien ; † 5 décembre 1859, dans sa 95e année.

Leforestier (l'abbé Alexandre), † 11 juin 1857, à 55 ans.

Lefrançois, grammairien ; † 1834.

Legendre de la Condamine (A. E.). † 1851. —

Marie-Gabrielle de ce nom ; † 23 mars 1853, à 4 ans.

Legendre d'Ons en Bray (Gaspard-François-Anne, Vicomte); † 1er juillet 1842, à 83 ans.

Le Griel (Alexandre), inspecteur des forêts, officier de la légion d'honneur ; † 9 novembre 1855.

Le Groing (comtesse), née Françoise-Thérèse-Antoinette *de la Maisonneuve*, chanoinesse du chapitre noble et séculier de l'Aveine. Née à Bruyères (Meurthe), le 11 juin 1764, † 12 mars 1837. Au retour de l'émigration elle se voua à l'éducation.

Lemière (Benoît-Marie-Victor), capitaine de gendarmerie, chevalier de Saint Louis et de la légion d'honneur ; † 15 octobre 1837, à 49 ans.

Lemerle de Beaufond (Jean-Jacques-Pierre-Marie-Nicolas, *Comte*), né à la Martinique en 1779, mort au château des Autheux (Somme), le 21 décembre 1849. — Son épouse, née *du Parc* ; Paris 31 octobre 1790, † 27 septembre 1846. — Deux enfants morts en bas âge.

Lencquesaing (Albert-Joseph de), chef d'escadron, chevalier de Saint Louis ; né à Lille, le 5 février 1772, † 7 décembre 1846.

Lenoir (Etienne), ingénieur du roi, chevalier de la légion d'honneur ; né à Mer (Loiret), en 1744, † 17 août 1832.

Lenoir (Marin-Alexandre), fondateur du musée des monuments français ; Paris 26 déc. 1762, † 12 juin 1839.

Lenoir (Pierre Nizier); † 4 février 1856.

Lepeletier d'Aunay (Louis-Etienne-Hector), comte ; ancien député de la Nièvre ; né à Aunay, 3 octobre 1777, † 10 janvier 1851. — Dame Angélique-Marie-Adélaïde de *Guerrier de Romignat*, son épouse ; née à Paris le 19 mai 1781, † 25 janvier 1864. — Madame Er nest *Lepeletier d'Aunay*, née Blanche *Etignard de la Faulotte de Neully* ; 8 novembre 1807, † 25 février 1850 — Charles-Louis David, *comte Lepeletier d'Aunay*, maréchal de camp, administrateur des hospices ; né 10 octobre 1750, † 8 septembre 1831.

Le Pescheur de Branville, officier de marine ; † 1er janvier 1855, à 68 ans. — Victorine *Véron*, son épouse ; † 23 avril 1826, à 30 ans. — Julie, leur fille ; † 4 avril 1822, à 4 ans.

Lepic (Joachim-Hyppolite, baron), maréchal de camp honoraire, officier de la légion d'honneur, chevalier de Saint-Louis et de la couronne de fer ; 27 mars 1768, 27 mars 1835.

Le Pilleur de Rocquemont (Louis-François), capitaine à l'hôtel des Invalides, chevalier de la légion d'honneur ; † 3 août 1840, à 72 ans.

Lépiney (madame de), veuve du chevalier de ce nom ; 25 février 1779, † 8 juillet 1855.

Le poitevin (A. F. L.). Pair de France, président honoraire à la cour royale de Paris ; grand officier de la légion d'honneur ; né à Rennes le 10 août 1745, † 10 juin 1840. — Emilie, sa fille ; †.

Le prestre de Théméricourt (famille).

Le prieur (Pierre-Sébastien), ancien libraire. Né à Mulleville de Bengard (Manche) 2 février 1758, † 2 fév. 1834.

Le Puillon de Boblaye (Emile), chef d'escadron d'état-major, député du Mobihan, chevalier de la légion d'honneur ; né 16 novembre 1792, à Pontivy, † 4 décembre 1843.

Lequien (Félix-Augustin), conseiller maître à la cour des comptes, ancien député, officier de la légion d'honneur; † 22 mars 1862, à 63 ans.

Lerebours (Noël-Jean), opticien de l'Observatoire et de la marine; membre du bureau des longitudes, chevalier de la légion d'honneur; né à Mortain (Manche), 25 septembre 1761, † 13 février 1840.

Leroux de Bretagne (François-Xavier); † 29 mai 1851, à 19 ans.

Leroux de Lincy (Antoine-François). Né à Saint-Cloud le 28 février 1767, † 18 février 1853. — Madeleine-Pierre *Delanoue*, sa veuve; † 19 mai 1856, à 80 ans.

Le Rover de la Rochemondière (Mademoiselle Marie-Charlotte); † 29 août 1825, à 76 ans.

Le Roy de Senneville (madame), épouse de François de ce nom, écuyer; née Françoise-Elisabeth *Boucher*; † 1er janvier 1822, à 86 ans. — *Leroy de Senneville*, (madame), sa belle-fille, née Marie-Aglaé-Marguerite-Joséphine *de Joinville-Sourille*; † 21 avril 1847.

Lesbros (Joseph-Aimé), colonel du génie, commandeur de la légion d'honneur, chevalier de Saint-Louis; né à Veynes (Hautes-Alpes), 3 juillet 1790, † 11 mai 1860, — C J. B., son fils, élève de l'école polytechnique; mort des suites de blessures reçues pendant l'insurrection du 24 juin 1848.

Le sergent d'Hendecourt, 1er juillet 1834; † 16 juillet 1835.

Lesurre (Jean-Joseph), ancien vicaire général de Gand, de Rennes, de Rouen et de Paris, chanoine honoraire de la métropole; † 7 juillet 1844, à 81 ans.

Letellier (Jean-Joseph), inspecteur général honoraire des ponts et chaussées; † 29 nov. 1845, à 71 ans.

Levaillant (Charles), docteur en médecine; † 14 avril 1856, à 44 ans.

Levasseur (vicomtesse), née Marie-Louise-Charlotte-

Elisabeth *de Tourtier*, veuve d'un maréchal de camp, commandeur de Saint-Louis et de la légion d'honneur; † 27 octobre 1842, à 69 ans.

Leveneur (baronne), née Alexandrine-Bibienne-Félicité *de Jupilles*; † 28 août 1827.

Leverrier (Louis-Baptiste), †.

Levis (Jean-Louis), ancien vicaire-général de Lescar, prédicateur du roi, curé de Saint-Germain-des-Prés; † 27 octobre 1816, à 63 ans.

Levraud (François-Benjamin), docteur en médecine, ancien député de la Charente ; † 4 oct. 1855, à 82 ans.

Liborel (Guillaume-François, baron), conseiller à la cour de cassation, officier de la légion d'honneur; † 28 mars 1829, à 89 ans. — N. *Heurtrelle*, son épouse; † 23 mars 1834, à 89 ans. — Le chevalier Louis *Liborel,* leur fils puiné; † à Chennevières-sur-Marne, le 14 août 1851, à 72 ans. — Louis, fils unique de ce dernier; † 25 mars 1828, à 18 ans 1/2. — Mademoiselle Caroline *Liborel;* † 6 septembre 1832, à 60 ans.

Lienhart (famille de);

Liévreville (madame de), née Louise Dorothée, *baronne de Wimpffen* ; † 31 oct. 1841.—Madame *Laroche* (Louise-Joséphina), sa fille; † 16 avril 1852, à 56 ans.

Lignac (Raymond-Hyppolite), docteur-médecin; † 20 août 1851, à 72 ans.

Lignerolles (madame de), née Elisabeth Rousseau ; † 28 mai 1856, à 43 ans.

Lille (Métite-Nicolas-Joseph-Etienne, *chevalier de*), ancien chevalier de madame la duchesse douairière d'Orléans, chevalier de la légion d'honneur; † 7 juin 1830, à 53 ans. — Dame Amable-Louise *Jacquelin,* sa veuve; † 12 avril 1859, à 78 ans.

Limoges (Victoire-Marie-Geneviève, *vicomtesse de*); † 19 juin 1845, à 44 ans.

Limoron (Claude-Gaudérique-Joseph-Jérôme *Chambon*, baron de), commandeur de la légion d'honneur ; né le 30 octobre 1757, † 26 septembre 1833.

Lindet dit **Ludovic** (veuve), artiste dramatique ; † 31 mars 1862.

Lingrand (Jean-baptiste-Florimond), officier en retraite, ancien professeur de l'Université, bibliothécaire du ministère de l'instruction publique, chevalier de la légion d'honneur ; né à Douai, le 6 octobre 1789, 15 mai 1861.

Lisfranc (Jacques), célèbre chirurgien ; né le 2 avril 1790, à Saint-Paul-en-Jarret, (Loire), mort à Paris, le 12 mai 1847.

Loliche-Desfontaines (Réné), membre de l'Académie des sciences, officier de la légion d'honneur ; né à Tremblay, (Ille-et-Vilaine), en 1752, † le 16 novembre 1813.

Lombard (Jean-François), chef de bataillon, chevalier de la légion d'honneur, † 6 novembre 1845, à 86 ans.

Longeaud-Chabrouleaud-Lagrange (Louis), Docteur en médecine ; 22 novembre 1856, à 35 ans.

Longueville (E.-P.-M.), homme de lettres ; né à Paris, 25 juin 1785, † 5 janvier 1855.

Loriquet (Jean-Nicolas), célèbre jésuite ; né 5 août 1767, à Epernay, (Marne), † 9 avril 1845. (La même tombe a reçu vingt-deux prêtres de cet ordre).

Loubeau (Bernard), lieutenant-colonel au 72e régiment de ligne, tué à l'attaque des barricades le 4 décembre 1851.

Loustal Bertrand de); né à Soussans, (Gironde), 3 avril 1766, † 18 avril 1849. — Madame *de Loustal*, née Héloïse-Théophile-Justine *Jourdain*, 7 mars 1827, † Bade-Bade, 27 juillet 1855.

Louvigny (comtesse de), née Eugénie-Laure de Cardevac d'Havrincourt ; † 26 novembre 1829.

Loverdo (Nicolas, comte de), conseiller d'Etat ; 6 août 1773, † 26 juillet 1837. — Régina *Milonopulo*, son épouse ; 12 mars 1783, † 26 décembre 1841. — Fils-Georges-Théodore-Alexandre ; 9 août 1802, † 9 décembre 1861. — Charles-Marie-Antoine ; 11 septembre 1816, † 5 mars 1826.

Loyer de la Sandraye (madame veuve Charles-Joseph) ; † 26 janvier 1838.

Loynes d'Estries (Marie-Alphonsine de) ; 8 juin 1803, † 21 juillet 1829.

Lubersac (Jean-Louis-Marie, marquis de), chevalier de Saint-Louis ; né à Azerac, le 4 novembre 1765, † 27 septembre 1834.

Lucas (famille Louis).

Lucas de Blaire (Pierre-Paul-Sylvain), ancien conseiller d'Etat ; né à Saint-Domingue, le 7 décembre 1759, † 28 juillet 1844.

Lucas de Lestanville (Pierre-Marie-François-Charles), 4 novembre 1849 ; † 14 janvier 1850.

Lucotte (Edme-Aimée, comte) ; lieutenant-général, commandeur de la légion d'honneur, chevalier de Saint-Louis, grand dignitaire des ordres d'Espagne et des Deux-Siciles ; né à Crancey, (Côte-d'Or), 30 octobre 1770, † 21 septembre 1825.

Lucy (de), E.-F.-H.; † 16 février 1845. — A.-L.-C.; † 5 juin 1845,

Luynes (Edouard-Adrien-Joseph de); 23 avril 1861, † 23 juin 1863.

Lynch (comtesse de), née Marie-Amélie *de Perdiguier*; † 28 juin 1852, dans sa 82e année.

M

Macarel (Louis-Antoine), conseiller d'Etat, professeur à la faculté de droit de Paris, commandeur de la légion d'honneur ; né à Orléans, 20 janvier 1790, † 24 mars 1851.

Mac-Carthy (comte de) ; † 11 janvier 1861.

Magnard de Brulon (madame), née Louise-Geneviève *de Bridiers* ; † 19 avril 1847.

Maingault (Louis-Pierre), docteur-médecin, membre de l'Académie de médecine ; † 11 juin 1839, à 56 ans.

Mainville de Beaujeu (Appoline-Marie-Alexandrine); 2 avril 1773, † 13 avril 1860.

Malfilâtre (l'abbé François), chevalier de Malte ; Reims 1777, † Paris, 11 novembre 1841.

Malherbe (Joseph-Charles-Louis, comte de); † 27 octobre 1848, à 86 ans.

Mallet (Joseph-Justin), conseiller référendaire à la cour des comptes, chevalier de la légion d'honneur ; † 18 mai 1839, à 84 ans.

Mallet de Trumilly (baron), lieutenant-colonel d'artillerie, chevalier de Saint-Louis et de la légion d'honneur ; 7 avril 1832, à 63 ans.

Malleville (Pierre-Louis, marquis de), pair de France, conseiller à la cour de cassation, officier de la légion d'honneur ; né 12 juillet 1778, † 12 avril 1832. --

Dame Justine *Liborel*, son épouse; † 30 janvier 1857, à 74 ans ans. — *Malleville* (madame veuve *de Moly*, baronne de), née Marguerite-Françoise *de Vernhes* ; † 6 août 1835.

Malte-Conrad-Brun, dit **Malte-Brun**, géographe ; † 14 décembre 1826, à 51 ans. — Son épouse ; † 18 août 1847.

Mangin (Jean-Henri-Claude), avocat à Metz, puis conseiller à la cour de Cassation, préfet de police, conseiller d'Etat et officier de la légion d'honneur; né à Metz, le 7 mars 1786, † 3 février 1835. — Charles-Henri, son fils, commandant du 3e bataillon d'Afrique ; † 7 mars 1863, à 37 ans.

Marast (madame Armand), née Berthe-Emilie *d'Ambrosse ;* Londres 1816, † Paris 1849. Armand Marast ; † 1852, a été inhumé au cimetière Montmartre).

Mantion (Marc-Guillaume), chanoine-honoraire de Grenoble, premier vicaire de Saint-Étienne-du-Mont ; † 26 août 1844, à 50 ans.

Marc (François-Casimir ; † 6 juin 1831, dans sa 66e année. — Marie-Constance de *la Couture*, sa veuve ; † 11 mai 1856, dans sa 79e année.

Marchal (madame), épouse du député ; née Justine-République-Angélique *Tardieu* ; † 1er juillet 1845.

Marcieu Nicolas-Gabriel-Edme, marquis de), maréchal de camp, chevalier de Malte et de Saint-Louis; né 11 octobre 1761, † 22 avril 1830. (Sépulture de famille).

Margerin du Metz (Alexandre-Louis-Quentin); † 6 mars 1847, dans sa 73e année.

Marjolin (madame Georges-François), née Henriette Marie Cazenave; 25 décembre 1829, † 26 juillet 1850.

Marie (l'abbé Paul), chanoine-honoraire de Paris et

de Rhodez, curé de Saint-Germain-des-Prés ; né à Paris, mort à Versailles, le 19 nov. 1858, dans sa 72e année.

Marotte (Léon), artiste peintre ; † 15 mai 1855, dans sa 37e année.

Martin (l'abbé Nicolas-Pierre), chanoine-honoraire de Paris ; † 30 mars 1857, à 62 ans.

Martin (famille Henri).

Martin de la Bastide (Pierre-Octave), lieutenant de vaisseau, chevalier de la légion d'honneur ; † 2 mars 1861, à 36 ans.

Martin-Doisy (Edmond) ; † 1er novembre 1844, à 14 ans.

Martineau de Soleine ; † 11 octobre 1842.

Martres (famille de).

Masin-Bouy (baronne de), née Adélaïde-Geneviève *Corps ;* † 6 septembre 1836.

Masquelier (Claude-Louis), graveur, ancien pensionnaire de l'Académie de France, à Rome ; né à Paris, en 1781, † 5 avril 1852.

Masson de la Motte Pierre-Henri-Joseph), ancien gentilhomme de la chambre du roi, chevalier de Saint-Louis ; † 3 juillet 1832, à 75 ans. — Marie-Anne-Félicité de Chambel, sa veuve ; † 14 mars 1846, à 75 ans.

Masson de Saint-Amand (Amand-Claude), ancien préfet de l'Eure, chevalier de la légion d'honneur ; né 7 décembre 1756, † 14 décembre 1835. — Son épouse née *de Caze.*

Matharel de Fiennes (marquise de), née Marie-Étienne *du Hautoy ;* † 31 août 1844, à 65 ans.

Mathieu (Raoul-Alexis), colonel d'artillerie en retraite ; né à Châlons-sur-Marne, le 2 août 1775, † 1er août 1853.

Mathieu de Dombasle (madame), née Glossinde
Bertier de Roville; † 24 juin 1848, à 52 ans. — Charles
Mathieu de Dombasle, son beau-frère; † aux Invalides le
15 avril 1863, à l'âge de 76 ans.

Maubland (famille de).

Maujirard (André), ancien conseiller référendaire à
la Cour des comptes; † 6 février 1836, à 79 ans. — Sa
veuve; † 5 juin 1842.

Mauny (Ferdinand-Paulin, comte de); † 27 février
1855, à 56 ans.

Maurias (Louis-Jacques de); † 1er juin 1840, à 71
ans. — Jeanne-Françoise *Longueville*, son épouse; 28
septembre 1766, † 11 juin 1826.

Maurice-Duval (baron), ancien préfet, ancien député, ancien pair de France; Versailles 11 juillet 1778; †
Paris, 16 octobre 1861.

Maurin (Nicolas-François), lieutenant-colonel du
génie en retraite, chevalier de Saint-Louis et de la légion
d'honneur; né à Toulon, le 27 octobre 1765, † 16 juin
1848.

Mauroy (Grégoire-Augustin-Prosper), conseiller de
préfecture de la Seine, chevalier de la légion d'honneur;
† 4 avril 1860.

Maussion de Cande (Charles-Thomas-Marie-Louis),
conseiller auditeur à la Cour royale de Paris; puis juge
au Tribunal civil de la Seine; né 10 mars 1797, † 6
février 1854. — Dame Zénaïde-Mathilde *Crespin de la
Rachée*, son épouse; † 5 janvier 1845, à 36 ans. (Sépulture de famille).

Mauvais (Victor), membre de l'Académie des
sciences; né à Romboz (Doubs) 7 mars 1809, † 22 mars
1854.

Mazas (Alexandre), littérateur ; né en 1795, † 5 février 1856.

Mazois (François), architecte, officier de la légion d'honneur ; né à Lorient, en 1783, † 31 décembre 1826.

Mazulime (Victor), ancien membre de l'Assemblée nationale ; né à Fort de France (Martinique), † 28 janvier 1854, à 64 ans.

Meighan (Alice de) ; † 11 juillet 1834.

Melun (Blanche de) ; † 1841, à 21 ans. — B.-E.-A. de ce nom ; † 23 octobre 1846.

Menardeau (famille de).

Mendiboure (Louis-Nicolas), ancien sous-directeur au ministère des affaires étrangères, chevalier de la légion d'honneur ; 1780, † 1854.

Mengin-Fondragon (Pierre-Charles-Joseph, marquis de) ; né à Lille, le 13 juillet 1783, † 15 février 1853. — Aurélie, sa fille ; 5 juin 1822, † 7 août 1840.

Menière (Prosper), docteur-médecin, chevalier de la légion d'honneur ; Angers, 17 juin 1799, † Paris, 7 février 1862.

Menilglaise (Alfred de *Droullin*, marquis de) ; † 6 mai 1846, à 52 ans. — Dame *N. de la Bourdonnaye*, sa belle-sœur ; † 5 mars 1835. (Sépulture de famille).

Menou (comte de), sépulture de famille.

Mérainville (Éléonore-Sophie de) ; † 2 février 1837. — Adélaïde-Geneviève, sa sœur ; † 11 juillet 1839.

Merlin (comtesse) ; née Brigitte-Jeanne-Joséphe *Dumonceaux*, épouse du procureur général près la Cour de cassation. Exhumée de l'ancien Vaugirard, le 2 août 1827.

Merlin (Jacques-Antoine), libraire ; † 3 janvier 1836, à 72 ans.

Mérona (Madame Albert de), née Henriette *Nompère de Champagny-Cadore* ; † 1er mai 1852.

Meslé (marquise de), née Marie-Thérèse *de Plettenberg* ; † 20 mai 1846, à 75 ans.

Mesnildot (François du), prêtre de la Miséricorde ; † 25 août 1863, à 72 ans 7 mois.

Messager (François-Dominique), ancien officier supérieur de cavalerie, chevalier de Saint-Louis et de la légion d'honneur ; † 23 novembre 1844.

Messey (comtesse de), née de *Saint-Blin* ; † 9 mars 1841.

Mestadier (Jacques), conseiller honoraire à la Cour de cassation, ancien député, officier de la légion d'honneur ; † 4 avril 1856, à 85 ans.

Meunier (Henri), artiste graveur, membre de la société française d'archéologie ; † 31 mars 1856, à 37 ans.

Meynier (Charles), membre de l'Institut, chevalier de la légion d'honneur ; † 6 septembre 1832.

Meyronnet (comtesse de), née Louise-Henriette-Laure *du Puits de Maconex;* † 18 avril 1844.

Michalon (Achille-Etna), peintre en paysage historique ; né à Paris, en 1795, † 24 septembre 1822·

Michaut (Alexandre-Marie), chevalier de la légion d'honneur; † 14 avril 1860, à 75 ans.

Michot (Charles), curé de Saint-Médard ; † 31 juillet 1830.

Migeon (famille).

Mignard (Alexandre), antiquaire ; né à Vitteaux (Côtes d'Or), † 1862, à 65 ans.

Milleville (Marie-Octave, baron de) ; † 1842.

Millin (famille).

Millot (Gabriel), avocat à la Cour ; † 21 août 1841, à

90 ans. — Sophie *de Rocquencourt*, sa veuve ; † 20 avril 1850, à 79 ans.

Miollis (Honoré-Gabriel, baron de), ancien préfet ; † 10 décembre 1830, à 72 ans.

Mique (Constantin), ancien receveur général des finances, chevalier de la légion d'honneur ; 1786, † 1860.

Mirat-Juillerat (madame), née *de Chabaud Latour* ; † 28 août 1850.

Mirbach (Delle-Jeannette, baronne de), née en Courlande ; † 15 mars 1849, à 44 ans.

Mirbel (madame de) ; née Lizinska Rue, † 29 août 1849.

Misbach (S.-J.), artiste peintre ; † 11 août 1853. (Sépulture de famille).

Mitoire (Benoît-Charles), petit-fils de *Carle Venloo* ; né à Paris, le 4 janvier 1782, † 29 juin 1832.

Molé-Gentilhomme (Paul-Henri-Joseph), homme de lettres ; né à Paris, le 9 décembre 1814, † 27 mai 1856. — Laure-Félicité-Germaine *Gentilhomme*, son épouse ; † 3 juillet 1848.

Molènes (Paul de) ; † 24 août 1862, à 66 ans.

Molroguier (l'abbé Antoine-François), aumônier du collége Saint-Louis ; né à Bourgoin (Isère), 5 septembre 1779, † 12 décembre 1837.

Mondelot (N.), officier de l'université, membre de l'Institut historique ; † 13 novembre 1858, à 66 ans.

Monge (Louis), ancien examinateur des élèves de la marine, chevalier de la légion d'honneur ; † 5 octobre 1827, à 79 ans. — Marie-Adélaïde *Deschamps*, son épouse. — Dame Antoinette *Matthieu*, veuve du célèbre *Monge*, (Il est inhumé au Père La Chaise). † 3 mars 1858, à 79 ans.

Mongez (Antoine), membre de l'Institut ; né à Lyon, le 30 janvier 1747, † 31 juillet 1835. — Marie-Jeanne-Angélique *Levol*, son épouse, peintre d'histoire ; née à Conflans-lès-Charenton, le 1er mai 1775, † 20 février 1855.

Monsabert (vicomte de), Anne-Louis-Marie François *de Goislard,* ancien officier supérieur de cavalerie, chevalier de Saint-Louis ; né à Angers, le 10 décembre 1763, † 3 août 1835.

Montaigue (Maurice-Charles *Huc,* comte de) ; Angers, 10 octobre 1821, † 12 avril 1845.

Montalembert (Marc-Réné-Anne-Marie, comte de), pair de France, colonel d'infanterie, ancien ministre plénipotentiaire en Suède ; né 10 juillet 1777, † 21 juin 1831. — Le cœur de Elise-Rosalie-Clara, sa fille ; née à Londres, 30 août 1814, † à Besançon, le 3 octobre 1829. — Marie-Rosalie-Hildegarde, sa petite-fille ; née à Villersexel 25 juillet 1838, † 14 février 1839. — Jacques-Arthur-Marc, *comte de Montalembert,* son fils ; né 6 août 1812, colonel du 1er régiment de chasseurs d'Afrique ; mort à l'hôpital militaire de Lalla Maghrenia, le 11 novembre 1859.

Montbel (Charles-Joseph, vicomte de) ; 29 février 1840, à 28 ans.

Monteil (Alexis) ; † 25 septembre 1833, à 29 ans. (Il ne faut pas le confondre avec le savant historien, mort à Cély (Seine-et-Marne), en 1850).

Monternault (F.-V.); ancien magistrat, administrateur de la compagnie du chemin de fer d'Orléans ; † 23 septembre 1862.

Montessuy (Marie-Eugénie de) ; † 20 mars 1832.

Montferrand (famille Firmin de).

Montferrier (Jean-Jacques-Philippe-Marie *Duvidal*, marquis de), conseiller-maître des comptes honoraire ; né à Montpellier, le 12 avril 1752, † 1829. — Jeanne *Delon*, sa veuve ; † 19 octobre 1831.

Montfort (Marie-Henriette de) ; † 18 août 1853.

Montigny (Jean-Paul-Marie), chevalier de la légion d'honneur ; † 3 avril 1841, à 54 ans.

Montigny (baronne de), née Marie-Charlotte-Josèphe *Lallart de Bertelette*, veuve de Edmond-Charles-Guillaume *Cardon, baron de Montigny* ; née à Arras, le 13 juillet 1781, † 24 janvier 1846.

Montigny (*Turpin*, comte de), général en retraite, officier de la légion d'honneur, chevalier de Saint-Louis ; † 26 mars 1854, à 75 ans.

Montjean (Baronne de), née A.-T.-C.-B. *Lenglet de Cersay* ; † 19 mai 1829, dans sa 94e année. — A.-T. *de Mailly*, *baron de Montjean*, son fils, chevalier de Saint-Louis ; † 29 août 1840, à 72 ans.

Montlezun-Busca (Irénée-Bénigne, comte de), ancien page de Louis XVI, officier des gardes du corps, ministre plénipotentiaire, chevalier de Saint-Louis ; né à Monthureux-sur-Saône, † 7 novembre 1852, à 77 ans.

Montmorency (princesse de), née Marie-Henriette *de Bec de Lièvre de Cany* ; † 15 mars 1833. — *Montmorency-Laval* (Louis-Adélaïde-Anne-Joseph, comte de), lieutenant-général, commandeur de Saint-Louis ; † 1er mars 1828, à 75 ans. — *Montmorency-Luxembourg* (Anne-Christian de), pair de France, colonel de cavalerie, chevalier de Saint-Louis ; né à Paris, le 15 juin 1767, † 14 mars 1821. — Armande-Louise-Marie *de Bec de Lièvre de Cany*, sa veuve ; † 27 juillet 1832. — *Montmorency-Luxembourg* (Matthieu, duc de) ; né 2 octobre

1736, † 16 avril 1838. — Henri de ce nom ; 2 juin 1841, † 14 avril 1844. — *Montmorency-Robecq* (Anne-Louis-Alexandre de) ; † 18 octobre 1812.

Moquin-Tendon (A.), membre de l'Institut; † 1863.

Morand (François), professeur à la faculté de droit de Paris, chevalier de la légion d'honneur ; 26 août 1763, † 31 mars 1837.

Moreau de la Vigerie (Jacques), ancien conseiller à la cour royale de Paris ; † 21 mars 1832. — Aglaé-Louise *Gaultier*, son épouse ; † 10 avril 1852.

Morlaincourt (madame de), née Marie-Henriette *Magot* ; † 19 avril 1831. — *Morlaincourt* (madame de), née Marie-Louise *Sabatier* ; † 3 juillet 1833.

Morizot (Marie-Michel-Hyacinthe) docteur en médecine ; † 16 juin 1843, à 31 ans.

Mornay (de), Julie et Segesta.

Mortemart (Victurnien-Jean-Baptiste-Marie de *Rochechouart, duc de) ; 8 février 1752, † 4 juillet 1812. — Dame Adélaïde-Pauline-Rosalie de *Cossé-Brissac*, sa veuve ; 23 janvier 1765, † 2 février 1818.

Mottet (Théodore), capitaine en retraite, chevalier de Saint-Louis et de la légion d'honneur ; 26 avril 1796, † 11 septembre 1855.

Munck (Marie-Edouard, baron de) ; † 10 septembre 1853, à 51 ans.

Muraire (Jean-François), ancien professeur de l'Université ; † 19 mars 1845, dans sa 84e année. — Sa veuve, née *Rioult*, † 1848, dans sa 73e année.

Murville (Nicolas-Auguste), ancien directeur des hôpitaux militaires, chevalier de la légion d'honneur ; † 10 janvier 1851, à 67 ans.

Menuzi (Louis-César-Alexandre), ancien professeur au lycée Napoléon ; † 13 mai 1842.

Myre-Mory (Pulchérie-Marie-Claudine de la) ; † 19 avril 1827.

Myris (Silvestre-David), peintre-dessinateur ; † 23 novembre 1810.

Nachet (L.-J.), professeur à l'école de pharmacie ; † 20 septembre 1832, à 75 ans. — Louise-Éléonore *Mauroy*, sa veuve ; † 25 mai 1858, dans sa 88e année.

Nadault de Buffon (madame), née L.-J.-N.-B. *de Boucheporn* ; † 28 décembre 1847, à 40 ans.

Naigeon (Jean) peintre d'histoire, conservateur du musée du Luxembourg, chevalier de la légion d'honneur ; né à Beaune, 9 avril 1757, † 21 juin 1832. (Sépulture de famille).

Narbonne-Pelet (mademoiselle de) ; † 10 octobre 1846.

Nault (Jean-Baptiste-Émilien), chef d'escadron d'artillerie en retraite, chevalier de Saint-Louis, officier de la légion d'honneur ; né à Dijon, 21 mai 1787, † 11 octobre 1838.

Navailles (baron de) ; † 31 mars 1833, à 50 ans. — N. son épouse ; † 5 mars 1852, à 68 ans.

Noylles (famille de).

Néverlée (comtesse de), née Louise-Julie-Caroline *Lemasne de Chermont* ; † 24 janvier 1842, à 28 ans.

Nervoux (Benoit-César-François-Marie de), ancien

officier, chevalier de la légion d'honneur ; † 1er avril 1858, à 77 ans.

Niceville (H. de), maréchal de camp, commandeur de la légion d'honneur ; † 15 décembre 1839, à 59 ans.

Nigon de Berty (Ange-Maximilien-Simon), ancien directeur des contributions indirectes à Paris, chevalier de la légion d'honneur ; † 30 juin 1850, à 81 ans. — Dame Marie-Gabrielle-Bonne-Eulalie *Bérard,* sa veuve ; † 22 novembre 1859, à 84 ans.

Noël (famille).

Nompère de Champagny (Elisabeth-Victoire), madame *Marlet;* † 11 novembre 1843.

Nonant (comtesse A. de), née Caroline *de Vincy;* 11 août 1799, † 11 mai 1825.

Normand (Charles-Pierre-Joseph), architecte, membre de l'Académie des beaux-arts ; né à Goyencourt (Somme), en 1765, † 13 février 1840. (Sépulture de famille).

Noue (Marie-Blanche-Charlotte-Louise de) ; † 7 novembre 1856; jour de sa naissance.

O

Obelliane (François), conservateur du cabinet de physique à l'école polytechnique depuis sa fondation (1794) ; † 1842.

O'Connor (famille).

Olivier (Théodore), administrateur du conservatoire des arts et métiers, officier de la légion d'honneur ; né à Lyon, le 14 janvier 1793, † 5 août 1853.

6.

O'Neill (Charles) ancien colonel d'infanterie ; † 17 juillet 1844, à 65 ans.

Opezzi de Cherlo (famille).

Orfila (Mathieu-Joseph-Bonaventure) ; née à Mahon (Ile Minorque), le 24 avril 1787, † 12 mars 1853. — La veuve de ce célèbre médecin, dame Anne-Gabrielle *Lesueur* ; 21 janvier 1793, † 5 juillet 1864. — Leur fils, Pierre-Henri ; 28 octobre 1822, † 1ᵉʳ avril 1863.

Orgeval (Robert-Adolphe *Le Barrois*, baron d') ; † 4 septembre 1863, dans sa 72ᵉ année.

Origny (Nicolas-Casimir-Julienne d'), ancien commissaire du roi à l'hôtel des Monnaies, chevalier de la légion d'honneur ; † 8 mai 1850, dans sa 81ᵉ année. — Marie-Josèphe *Lenoir*, son épouse ; † 24 juillet 1828, à 48 ans.

Origny de Beaugelet (Nicolas-Marie-Justin d'), ancien capitaine d'état-major ; † 6 avril 1846, à 75 ans. — Dame Aglaé *Fremyn de Fontenille*, son épouse ; † 6 avril 1857, dans sa 71ᵉ année. — Louise, sœur de cette dernière ; † 16 août 1860, à 73 ans.

Ormenans (Pierre-Paul-Léopold *de Boistouzet*, marquis d'), secrétaire d'ambassade ; mort au Caire, le 24 octobre 1858, à 27 ans. Son nom s'est éteint avec lui. — Amélie de ce nom ; † 30 juillet 1855.

Osmond (André), conservateur à la bibliothèque Mazarine ; né 22 septembre 1766, † 1ᵉʳ février 1837.

Osmonde (J.-J.-V.), artiste de la musique du roi ; † 20 juin 1843, à 65 ans.

Ostervald (madame), née Marie-Thérèse *Carrier de Monthieu* ; 23 juin 1769, † 22 septembre 1842.

Ottavi (J.), orateur, parent de *Napoléon* ; Ajaccio, 24 juillet 1809, † 9 décembre 1841.

Oudan de Virly (Paul) ; 3 juin 1784. † 12 juillet

1859. — Marie-Pauline *Le bourgeois d'Augé*, son épouse; 7 avril 1785, † 10 août 1839.

Oudinot de la Faverie (François-Michel-Stanislas), chevalier de la légion d'honneur ; † 25 janvier 1855, à 85 ans.

Oudot (C.-F.), ancien député de la Côte-d'Or, à la Convention nationale, à l'assemblée législative, au conseil des cinq cents et à celui des anciens, puis conseiller à la Cour de cassation ; † 12 avril 1841, à 86 ans.

Oudot, professeur à la Faculté de droit de Paris avocat, chevalier de la légion d'honneur ; 10 avril 1804, † 5 septembre 1864.

P

Pages (Thérèse-Antoinette, comtesse de), chanoinesse de Sainte-Anne de Munich ; † 14 avril 1851, à 61 ans.

Paillette (Pierre-Claude), avocat ; 14 janvier 1734, † 27 mai 1837. — Albine-Marguerite-Jeanne *de Maizières*, sa veuve ; † 22 novembre 1847.

Pajot d'Orgerus (baronne), née Marie-Honorine *Vigny,* † 11 août 1860, à 59 ans.

Pallerne de Chassenay (Jean-Antoine de) ancien conseiller-maître à la cour des comptes ; † 22 septembre 1855, à 72 ans. — Octavie, sa fille ; † 12 mars 1820, à 13 ans.

Panis (Etienne-François), ancien député de Paris, officier de la légion d'honneur ; † 7 octobre 1852, à 62 ans.

Panon du Hazier (madame) ; † 8 février 1854, à 64 ans. — Estelle-Félicité-Clémence-Elvina, sa fille, née à l'Ile Maurice, le 17 octobre 1824, † à Nantes, le 22 janvier 1851.

Pappenheim (baronne de), née M. L. *Bidot ;* † 19 mai 1860.

Paradis de Jonereux (Edmond), employé au ministère de l'Intérieur ; † 1er novembre 1858, à 36 ans.

Parant (Narcisse), conseiller à la Cour de cassation, député de la Moselle, officier de la légion d'honneur ; † 4 mars 1842, à 48 ans.

Pardaillan (comtesse de), née Madeleine-Laurence *de Vezien ;* † 27 janvier 1830.

Parison (Jean-Pierre-Agnès), homme de lettres ; né à Nantes, le 11 novembre 1771, † 16 septembre 1855.

Parizot (J.-T.), homme de lettres, chevalier de Saint-Louis et de la légion d'honneur ; † 21 novembre 1840, à 57 ans.

Parny (Louis Eugène de) ; † 20 avril 1837.

Paroy (Jean-Philippe-Guy *Le Gentil,* marquis de), ancien colonel, chevalier de Saint-Louis, artiste peintre ; né en 1750, † 16 décembre 1824.

Parrizot (Charles-Louis-Marie), colonel d'artillerie en retraite, officier de la légion d'honneur, chevalier de Saint-Louis ; né à Paris, en 1783, † 18 juin 1846.

Parseval, géomètre-géographe ; † août 1836. (Sépulture de famille).

Pastoret (F.), chevalier de Saint-Louis ; † 22 avril 1855, à 82 ans.

Pasquier (Antoine-Philippe, baron), premier chirurgien du roi ; né à Loches, le 7 mars 1773, † 6 février 1847. — Joseph-Philippe-Adolphe, son fils, également chirurgien ; né à Marseille, le 17 décembre 1794, † 3 janvier 1852.

Patin de la Fizelière (A.-B.-C.-J.), colonel d'artillerie, chevalier de Saint-Louis, commandeur de la légion d'honneur ; † 29 octobre 1857, à 72 ans.

Paulze d'Yvoy (Amélie) ; † 25 janvier 1840, dans sa 17ᵉ année.

Payer (Jean-Baptiste), membre de l'Académie des sciences, chevalier de la légion d'honneur ; né à Asfeld (Ardennes), † 5 septembre 1860, dans sa 42ᵉ année.

Peclet (Jean-Claude-Eugène), inspecteur général de l'Instruction publique, professeur fondateur de l'école centrale des arts et manufactures, officier de la légion d'honneur ; † 6 décembre 1857, à 64 ans,

Pélissier de Reynaud (Edmond), consul général, membre de la commission scientifique d'Algérie, commandeur de la légion d'honneur ; 1ᵉʳ janvier 1798, † 16 mai 1858.

Pellat (Philippe), ancien chef de section au ministère de l'intérieur, chevalier de la légion d'honneur ; † 27 janvier 1864, dans sa 68ᵉ année.

Pelletier (Joseph), docteur adjoint de l'école de pharmacie, membre de l'Institut ; † 9 juillet 1842, à 54 ans.

Perdiguier (Elisabeth-Joséphine, comtesse de), tante de madame *de Lynch* (V. ce nom) ; † 16 mars 1832, à 87 ans.

Perdrix (Jean-Baptiste-Louis), officier de l'Université, professeur de rhétorique ; † 24 août 1851, à 53 ans.

Periaux (Adolphe), architecte ; né à Rouen, † 8 juin 1845, à 45 ans.

Périgny (madame), née Marie-Arthémise *Foreau de Trizay*, † 31 juillet 1849, à 63 ans.

Périgord (Adalbert-Charles de Talleyrand, comte

de), maréchal de camp, chevalier de Saint-Louis ; † 13
décembre 1841. — Dame *Mary Saint-Léger*, son épouse ;
† 16 août 1830.

Perlet (Pierre), peintre d'histoire ; Lyon, 18 juin
1804, † Paris, 5 novembre 1843.

Pernety (vicomte) général de division d'artillerie,
pair de France, puis sénateur ; 9 mai 1766, † 29 avril
1856. — Victor de ce nom, son neveu, officier supérieur
d'artillerie ; né à Livourne, † 29 août 1862.

Pernon Comnène (comtesse de), née Eugénie Camille *Journu de Belisle* ; † 9 juin 1857, à 66 ans.

Peron (Louis-Alexandre), peintre d'histoire, chevalier de la légion d'honneur ; Paris, 1776, † Paris, 9 août
1855.

Perrard (Jean-Féréol), avocat, ancien professeur au
collège de Macon ; né à Fay-en-Montagne (Jura), 23 novembre 1795, † 5 mai 1862.

Perreyve (l'abbé Henri), chanoine honoraire d'Orléans, professeur d'histoire ecclésiastique à la Sorbonne ;
né en 1831, † 26 juin 1865.

Perrien (Charles-Louis-Joseph de) ; Hennebon, 26
août 1807, † Paris 24 mai 1831.

Perrier (Nicolas-Sébastien), ancien officier des chasseurs à cheval de la garde impériale, officier de la légion
d'honneur ; † 25 mars 1852, à 85 ans.

Perrin (Jean-Charles-Nicaise), peintre d'histoire et
directeur de l'école de dessin ; né à Paris le 23 septembre 1754, † 12 octobre 1821.

Perrin-Thenard (Madeleine-Claudine), artiste sociétaire de la Comédie-Française, † 20 décembre 1849, à
93 ans.

Petel (François-Crescent), colonel, officier de la légion d'honneur, chevalier de Saint-Louis et de l'ordre des deux Siciles ; 16 avril 1769, † 26 mars 1848.

Petit (Jean-Martin, baron) ; né à Paris, 22 juillet 1772, † en juin 1856. Le général Petit, sénateur, est particulièrement connu par les adieux de *Napoléon*, à Fontainebleau.

Petit de Villeneuve (madame), née Louise Thérèse *Andry* ; 4 mars 1771, † 29 juin 1832.

Petit-Radel (Louis-Charles-François), ancien vicaire-général de Conserans, docteur en Sorbonne, savant archéologue, membre de l'Institut; né à Paris, le 26 novembre 1756, † 27 juin 1836.

Petit-Thouars (Félicité *Aubert du*) ; † 10 octobre 1855, à 91 ans.

Petitot (Pierre); statuaire ; † 7 octobre 1840, dans sa 89e année, — Catherine *Gurnot*, sa veuve ; † 1er mai 1838, à 80 ans. — Louis, leur fils, aussi statuaire, membre de l'Institut, officier de la légion d'honneur ; † 1er juin 1862, dans sa 68e année. — Son épouse, Julie-Angélique *Cartelier* ; † 2 janvier 1842, à 46 ans.

Peyrusse (Antoine-Charles *de Brives*, baron d') ; né à Murat (Cantal), le 20 janvier 1820, † à Mareuil-sur-Belle (Dordogne), 3 janvier 1856. — Marie-Angélique-Charlotte-Joséphine, sa fille ; née à Vaudoire, le 1er novembre 1832, † 7 août 1854.

Peyssard (Anne-Théodore-Joseph), général de division, grand officier de la légion d'honneur, commandeur de plusieurs ordres ; † 19 avril 1861, à 57 ans.

Peytier (Jean-Pierre-Eugène-Félicien), colonel d'état major, membre du bureau des longitudes, commandeur de la légion d'honneur et de l'ordre grec du sauveur ; † 2 février 1864, à 70 ans.

Pichegru frère du général.

Picher de Grandchamp (François-Marie), colonel d'artillerie, chevalier de Saint-Louis, commandeur de la légion d'honneur ; † 1er novembre 1852.

Pichon de Gravier (Jean-Baptiste - Alexandre), conseiller honoraire à la cour impériale d'Orléans ; † 30 juillet 1861, à 71 ans.

Picot (Michel-Joseph-Pierre), fondateur et ancien rédacteur du journal l'*Ami de la Religion*, né 24 mars 1770 à Neuville aux bois près Orléans ; † 15 novembre 1841.

Picot de Peccaduc (le général, vicomte) ; † 6 juillet 1842.

Picq (Charles), capitaine en retraite, chevalier de la légion d'honneur ; né à Chanay, (Côte-d'Or), 23 juin 1775, † 27 mars 1838.

Pierre (N). chevalier de Saint-Louis et de la légion d'honneur ; † 11 décembre 1824.

Pierret (Pierre-Rémy-Alexandre), conseiller à la cour des comptes ; † 10 novembre 1854, à 74 ans.

Piétro (baronne Albert di), née Marie *Deville*.

Pigné de Montigné (marquise), née Catherine-Mélanie *de Chanceaulme*, au Port-au-Prince, île de Saint-Domingue ; † 3 décembre 1841, à 78 ans.

Pillioud (Jean-Joseph), lieutenant colonel, chevalier de Saint-Louis, officier de la légion d'honneur ; † 27 mars 1856, à 84 ans.

Plogler (madame de). née Marie-Jeanne-Cécile *Berville*, veuve d'Eugène-François-André, officier de cavalerie; née en 1773, † 1826.

Plolene (Thérèse-Désiré de), née à Nance (Savoie), le 20 septembre 1797, veuve de M. François-Désiré *Budan* *de Bols-Laurent ;* inspecteur général de l'Université ; † 4 avril 1854.

Planchel (J.), professeur émérite de rhéthorique au collége Bourbon, conservateur honoraire de la bibliothèque de la Sorbonne, officier de la légion d'honneur ; † 19 mars 1853, à 91 ans.

Planté de Mengelle (famille).

Plas (Etienne-Jacques *Roland*, marquis de) ; † 19 novembre 1828, à 43 ans.

Pleurre (Ange-Charles, marquis de) ; † 15 février 1851. — Dame N. *Perrotin de Barmond*, son épouse, 18 mai 1757, †22 novembre 1849.

Plicque (baronne) ; née Jeanne-Hyacinthe *Lejeune* ; † 16 septembre 1854, à 78 ans.

Plon (famille Henri), imprimeur de l'Empereur.

Plougoulm (Pierre-Ambroise), conseiller à la cour de Cassation ; né à Rouen, le 16 janvier 1796, † 17 mars 1863. (Sépulture de famille*).*

Plumancy (Jean), sous-intendant militaire, chevalier de Saint-Louis, officier de la légion d'honneur ; Périgueux, 4 septembre 1788, † 29 février 1860. (Monument élevé par ses concitoyens).

PoilouP (famille), l'abbé de ce nom, membre de la même famille est inhumé dans le cimetière de Vaugirard annexé.

Poinsinet de Sivry (Louis-Charles), chevalier de la légion d'honneur ; 8 décembre 1770, † 11 avril 1842. — Louise-Victoire *Poirier,*, son épouse ; 21 octobre 1779, † 10 avril 1866.

Poirel (Georges), maréchal de camp d'artillerie en retraite officier de la légion d'honneur, chevalier de

7

Saint-Louis ; 5 avril 1771, † 27 février 1837. (Sépulture de famille).

Poirier de Saint-Brice (François-Julien), ingénieur en chef des mines, membre de la société des sciences de Lille, chevalier de la légion d'honneur ; né à Versailles, le 2 juillet 1787, † à Morsang-sur-Orge, le 18 septembre 1858. — Françoise *Mollard*, sa veuve, morte au même lieu, le 28 mars 1863, à l'âge de 63 ans.

Poirot (Pierre-Achille), architecte, membre de la commission scientifique de Morée ; † 23 août 1855 à 59 ans.

Poirson (Nicolas), chevalier de la légion d'honneur ; † 18 janvier 1851, à 83 ans. — Françoise *Vicaire*, sa veuve : † 10 janvier 1852, à 80 ans.

Poisle-Desgranges (Jacques-Damien), représentant du Cher, chevalier de la légion d'honneur ; † 22 juillet 1850 à 57 ans.

Poissonnier (Jean-Joseph-Marie, chef de bureau au ministère de la guerre, officier de la légion d'honneur ; † 26 juin 1841.

Polonceau (Jean-Armand) ancien inspecteur divisionnaire des douanes : mort à Bois-d'Arcy, le 3 novembre 1851, à 70 ans.

Polonceau (Marie-Elisabeth-Joséphine-Antoinette) ; née à Nice, le 2 juin 1811, † 31 mars 1836, épouse de Jean-Baptiste-Camille *Polonceau*, ingénieur civil.

Pons (Hyppolite-), sous-intendant militaire, chevalier de la légion d'honneur ; né à Rhodez, † 5 mai 1826.

Pons de Paul (Honoré), chevalier de la légion d'honneur ; † 13 janvier 1851, à 78 ans. — Marie-Marguerite *de Paul*, son épouse ; † 23 février 1847 dans sa 78e année.

Pont de Gault (Élisabeth-Blanche *Viennot de Vaublanc*, comtesse de) ; † 13 mai 1839.

Pont Saint-Pierre (marquis de); †1754. Inhumé dans le séminaire de Saint-Magloire, rue Saint-Jacques ; exhumé le 6 août 1824.

Pontèves (Adélaïde-Suzanne *Le Bastier*, comtesse de) ; † 1854.

Pontlevoy (Louise-Pauline-Léopoldine *de Lavernüe*, baronne de) ; † 18 novembre 1855, à 63 ans.

Pontonnier (François-Justin, ancien conseiller de préfecture du département de la Seine, officier de la légion d'honneur ; né à Paris, le 14 décembre 1790, † 27 janvier 1858. — Marie-Louise *Andrieu* son épouse ; née à Paris, le 10 décembre 1798, † 26 mai 1850.

Porlier-Pagnon dit **Saint-Aulaire** (Pierre-Jacques), sociétaire de la Comédie-française ; † 11 mai 1864, dans sa 71e année.

Porquet (N.) Libraire ; † 12 janvier 1853, à 76 ans. (Sépulture de famille).

Portalis (Dominique-Toussaint-Melchior-Ange-André, baron ; † 11 septembre 1839, à 80 ans.

Portalis (Marie-Marguerite-Victoire), née *Portalis* ; † 14 janvier 1826, à 62 ans.

Potel (Charles-Pierre-Casimir), chanoine honoraire de Paris, premier vicaire de la paroisse Saint-Sulpice ; † 31 décembre 1849, à 82 ans.

Potier (Jacques-Antoine) ; † 29 mai 1855, à 56 ans.

Potier et **Holtzem** (familles).

Poulenc (Joseph), ancien curé de Clichy-la-Garenne et d'Ivry-sur-Seine ; † 11 avril 1847, à 79 ans.

Poupardin du Rivage (Gabriel) ; † 28 mars 1855. — Eugène son frère ; 26 juin 1854, † 9 avril 1855.

Pouqueville (François-Charles-Hugues-Laurent), membre honoraire de l'Académie de médecine, etc. ; † 4 novembre 1770, † 20 décembre 1838.

Poussielgue-Rusand (famille).

Pracomtal (famille de).

Pradier-Douaire (famille).

Prémonville de Maisonthou (Antoine-Louis de) ; 11 novembre 1771, † 10 août 1853. — Auguste-Louis, son fils ; 26 avril 1812, † 30 janvier 1858.

Premorvan (Armand *Langlays*, comte de) ; † 5 mai 1864, à 77 ans.

Prêtre (Jean-Gabriel), peintre du Muséum d'histoire naturelle; membre de la commission d'Égypte ; né à Genève, le 22 décembre 1769, † 25 avril 1849.

Preval (comte de), sénateur, général, grand croix de la légion d'honneur ; † 19 janvier 1853.

Preval (Dame Marie-Hyppolyte-Caroline *Delmas de la Coste de Murathac*, épouse de Claude-Antoine, vicomte de) ; † 16 octobre 1840.

Prevel de la Coursière (famille).

Prevost (Jacques-Nicolas), traducteur en chef des dépêches télégraphiques ; † 19 février 1833, à 52 ans.

Prevost (Zachée), graveur en taille douce, chevalier de la légion d'honneur ; 21 juin 1797, † 27 mars 1861.

Prouvensal de Saint-Hilaire (Antoine-Maurice-Blaise), chef de bataillon au 34e de ligne, chevalier de la légion d'honneur ; tué à Paris, le 23 février 1848, à 38 ans.

Prunelle de Lière (Léonard-Joseph) ; Grenoble, 17 mai 1748, † Paris, 1er mars 1828.

Prus (Clovis-René), de l'Académie de médecine, médecin des hospices ; † 12 janvier 1850, dans sa 57e année.

Publicola Santacro (princesse) ; † 1862.

Puech-Dupont (Léonard), naturaliste-voyageur ; † 7 février 1828, à 32 ans.

Puibusque (G.-A.-M. marquis de), gendre du comte de *Bérulle*; † 14 mai 1853, à 66 ans.

Puniet de Montfort (Joseph), général de brigade, chevalier de Saint-Louis, grand officier de la légion d'honneur ; 6 avril 1774, † 30 janvier 1855. — Dame Eulalie-Placide-Domitile *Hennet*, son épouse ; 31 décembre 1766, † 26 août 1824. — Camille-Joséphine, leur fille ; 24 août 1808, † 1er octobre 1820.

Puy-Gaillard (Nicolas-Marie *Léaumont*, vicomte de) ; † 13 juillet 1842, à 83 ans. — Reine Louise-Thérèse-Caroline, sa fille.

Puységur (Gaspart-Jules *Chastenet*, comte de) , capitaine de cavalerie ; † 15 février 1830, à 30 ans.

Pyanet (Victor), sculpteur ; † 15 avril 1860.

Q

Quandalle (Ferdinand), avocat ; † 6 mai 1853, à 33 ans.

Quatrefages (J. de Bréau-Labaume de) ; 1767, † 1858.

Quatremère (famille).

Quatremère de Quincy (Antoine-Chrysostome); né à Paris, le 28 octobre 1755, † 28 décembre 1849. L'un des plus grands antiquaires que la France ait produits.

Quemadeue (Jean-Baptiste-Auguste-Louis, *Le Denays,* marquis de); † 5 mai 1855, à 75 ans.

Quevauvilliers (Félix-François de); 1er septembre 1796, † 5 octobre 1850. — Sophie *Houy,* son épouse; 15 février 1808, † 1er août 1859.

Quicherat (Philibert); † 21 mars 1845, à 84 ans.

Quiqueran-Beaujeu (marquis de); † 22 août 1860, à 62 ans. — Charles-Joseph-Camille, comte de ce nom; † 1er juilllet 1858, à 58 ans.

R

Rabou (Louis-Marie), sous-intendant militaire en retraite, chevalier de Saint-Louis, officier de la légion d'honneur; né à Toulouse, le 3 août 1768, † 17 janvier 1846.

Raffet (famille)

Raggi, statuaire: né à Carrare, le 7 juin 1791, † 24 mai 1862. (Sépulture de famille).

Ramelet (Charles), artiste-peintre; 16 août 1805, † 8 juillet 1851. — Paul, son fils; 23 mai 1836, † 1er avril 1854, accidentellement, rue de Bagneux.

Ramey (Claude), statuaire, ancien pensionnaire à Rome, membre de l'Institut, chevalier de la légion d'honneur; né à Dijon, le 24 octobre 1754, † 4 juin 1838. — N. *Jomarien,* son épouse; aussi née à Dijon, 4 mars 1763, † 3 avril 1814.—Étienne-Jules, leur fils, également statuaire et membre de l'Institut, officier de la légion d'honneur: né Paris, le 23 mai 1796, † 30 octobre 1852.

Ramfreville (Marie-Thérèse-Nicole *de Caqueray*, comtesse de), religieuse hospitalière de Saint-Thomas de Villeneuve; † 3 décembre 1842, à 75 ans.

Ramond de la Croisette (famille).

Rampon (Antoine-Guillaume, comte), pair de France, lieutenant-général ; né le 16 mars 1759, à Saint-Fortunat, (Ardèche) ; † 2 mars 1842. (Sépulture de famille).

Rangraff (comtesse de) ; née Madeleine de *Saint-Georges ;* † 17 avril 1832.

Raoul (Nicolas-Louis), général de brigade d'artillerie, commandeur de la légion d'honneur ; 24 mars 1788, † 20 mars 1850.

Raoul-Rochette (Désiré) ; né à Saint-Amand, (Cher), le 9 mars 1790, † 5 juillet 1854. Antiquaire, membre de l'Académie des Inscriptions, officier de la légion d'honneur. Il épousa la fille du sculpteur *Houdon*.

Ratheau (Jacques), docteur et professeur à la Faculté de médecine ; † 15 juillet 1857, à 71 ans.

Rathery (E.) ; né à Clamecy, 19 juin 1778, † 28 février 1844. — Marie-Émilie, sa petite-fille ; † 13 décembre 1863, à 11 ans.

Ravichio de Perestdorff (Joseph-Maurice-Didier, baron de) : né 22 juillet 1767, à Turin, naturalisé en 1815. Chevalier de Saint-Louis et de la légion d'honneur, maréchal de camp d'artillerie ; † 16 janvier 1844. — N. *Noé*, sa veuve ; † 1855, à 69 ans.

Ravignan (le Père Xavier *Lacroix de*), de la compagnie de Jésus, éminent prédicateur et écrivain ; né à Bayonne, le 1er décembre 1795, † 27 février 1858.

Raymond de Fabrot (Antoine), chevalier de

Saint-Louis ; né à Nimes, le 23 janvier 1751, † 2 octobre 1829.

Recamier (Joseph-Claude-Anthelme) ; né à Cressin ; annexe de Rochefort, (Ain), le 6 novembre 1774, † 28 juin 1852. Doyen des médecins des hôpitaux, ancien professeur à la Faculté de médecine et au collége de France. (Sépulture de famille).

Regnault, colonel, *Bertrand*, *Bolot*, *Dreich* et *Moncel*, capitaines ; *Gharin*, lieutenant ; tués pendant l'insurrection de Juin 1848, pour le maintien de l'ordre et des libertés publiques.

Regnault (Louis, baron), intendant en chef des armées ; né à Saint-Germain-en-Laye, le 6 octobre 1770, † 10 juillet 1839. — Blanche, baronne *de Tengnagell*, son épouse ; 12 janvier 1791, † 30 mars 1864.

Regnault-d'Evry (Jacques), ancien officier supérieur, chevalier de Saint-Louis et de la légion d'honneur 20 février 1793, † 21 mars 1862.

Reicha (Antoine), compositeur allemand, naturalisé français ; né à Prague, le 27 février 1770, † 28 mai 1836.

Remard (Louis-Edmond), ancien curé de Saint-Jacques-du-Haut-pas ; † 9 avril 1845, à 83 ans.

Rendu (famille).

Rendu (Dame Louise Vallot, baronne) ; † 25 août 1840, à 50 ans.

Renouard (famille Jules).

Repaire-Leymarie (Jean-Léonard), capitaine commandant l'artillerie, chevalier de la légion d'honneur ; † 9 mai 1854, à 45 ans.

Rey (Arthur), artiste-peintre ; † 10 juin 1849, à 30 ans.

Rey (Jacques-Césaire), docteur en médecine ; né à

Puy-l'Evêque, le 27 août 1780, † 22 décembre 1844.

Ribard de Fontenay (Martin-Tiphaine *du*).

Riberolles (Jean de), conseiller honoraire à la cour des comptes, commandeur de la légion d'honneur ; † 23 mars 1859, à 72 ans.

Ribes (François), chirurgien de Napoléon Ier, médecin en chef aux Invalides ; né à Bagnères de Bigorre, le 4 septembre 1765, † 21 février 1845.

Richard (Achille), professeur à la Faculté de médecine, membre de l'Institut, officier de la légion d'honneur; né à Paris, le 3 avril 1794, † 5 octobre 1852.

Richemond (baron de). Il se disait fils de Louis XVI. Son titre et son nom étaient également empruntés ; † près de Villefranche (Rhône), en 1853.—Eulalie-Caroline *Guyonnet*, son épouse ; † 2 mai 1847, repose seule ici.

Richomme (Louis-François), officier d'administration, chevalier de la légion d'honneur ; † 25 novembre 1856, à 75 ans.

Ricord (famille du docteur Alexandre).

Ricord (famille du docteur Philippe).

Ridèle (André, baron de) ; né à Vienne, (Autriche), le 14 septembre 1748, † 15 février 1837.

Rivière de Vauguérin (Marie-Louise-Madeleine); Fontainebleau, 21 mai 1853, † Paris 9 mai 1857.

Robert (Jean-Pierre), capitaine d'artillerie, chevalier de la légion d'honneur ; Daigny, (Ardennes), 8 novembre 1771, † 3 février 1830.

Robert de Villars (Pascal-Louis de), chevalier de Saint-Louis ; Portonlogon, 18 février 1749, † 8 septembre 1828.

Robiano (Dame Émilie *Sergent*, comtesse Norbert de) ; † 23 juillet 1850.

— 132 —

Robin (P.-M.-C.), commissaire en chef des poudres et salpêtres ; † 30 août 1828.

Rochambeau (vicomtesse de), belle-fille du maréchal de ce nom, née *Harville des Ursins du Traisnel* dernière de son nom.

Roche (Jean-Marie-Hercule, baron de) ; † 1860.

Rochefort - d'Ally (Amédée, comte) ; † 16 octobre 1839.

Rocheplate (Eph. de), ancien receveur général ; † 11 septembre 1838.

Rocques (Bernard), docteur en médecine, ancien chirurgien-major du génie, chevalier de la légion d'honneur ; † 18 juin 1849, à 69 ans.

Roger de Chalabre, ancien officier, chevalier de Saint-Louis ; † 8 octobre 1843, à 74 ans. (Sépulture de famille).

Roger de Vaucluse (Elzéar). Doyen et président de l'ordre des avocats au conseil d'Etat et à la Cour de cassation ; mairie du Xe arrondissement, officier de la légion d'honneur ; † 2 août 1856, à 66 ans.

Rolland (madame B.-G.) ; née F.-M. *Blondeau*, veuve d'un ancien président du Parlement de Paris ; † 26 décembre 1814, dans sa 78e année.

Roland de Villarceaux (madame ; née Athanase Marguerite-Hélène de *Chabert* ; veuve de Pierre-François-Henri ; † 3 décembre 1862, à 85 ans. — Sa belle-sœur : dame Antoinette-Aglaé-Rose ; veuve du général de division *Levasseur* ; 9 septembre 1851, dans sa 78e année.

Romagnat (Dame Marie-Adélaïde *Durant*, veuve de Ange-Joseph-René *Guerrier*, baronne de) ; † 30 juin 1834.

Romance (marquise de) née Angélique *Leroy de Senneville*; † 31 mai 1838, à 76 ans.

Romanet de Caillaud (Joseph) maréchal de camp, chevalier de Saint-Louis, officier de la Légion d'honneur, né à Limoges le 4 décembre 1748, † 10 décembre 1829. — Madeleine *de Viart,* sa veuve, née à Estampes le 5 février 1764, † 27 août 1836.

Roncherolles (Anne-Michel-Louis, marquis de lieutenant général, chevalier de Saint-Jean de Jérusalem, de Saint-Louis et de la Légion d'honneur ; † 18 septembre 1830. — Enguerrand Godefroy Thibault, comte de ce nom ; † 5 mai 1835, à 21 ans. — Dame Louise-Elisabeth-Marguerite *de Cocherel* veuve de Anne-Charles-Leonor, *comte de Roncherolles,* maréchal de camp ; † 19 juin 1849, à 78 ans. — Dame Adélaïde-Céleste-Delphine *de Levis-Mirepoix, marquise de Roncherolles* ; † 30 décembre 1860, à 78 ans.

Roncherolles-Pont-Saint-Pierre (Th.-G-L. marquis de) premier baron de Normandie, conseiller né au parlement de Rouen, 20 mars 1734, † 12 mai 1839.

Roquefeuil (Augustin-Joseph, marquis de) (sans date). — Louise-Gabrielle *de Flavigny,* son épouse, Soissons 1765, † Paris 5 mai 1831.

Rosalie (sœur) Jeanne-Marie *Rendu,* cousine germaine de l'évêque d'Annecy de ce nom. Née à Comfort, (Ain) le 8 septembre 1787, † 7 février 1856. Elle avait reçu la croix de la légion d'honneur.

Rossignol (François-Joseph) directeur gérant du journal *le Droit* ; † 15 janvier 1845, à 54 ans.

Rougier (Simon François de) militaire amputé,

chevalier de la Légion d'honneur; † au Havre le 14 octobre 1853, à 60 ans.

Roulhac de Maupas (madame de) née Angéline-Sophie-Clémentine *Royer-Collard*; † 3 juin 1849, à 54 ans.

Roure (Nicolas-Louis-Auguste *de Grimoare-Beauvoir, du Roure de Beaumont-Brisson*; comte du) maréchal de camp. Grenoble 1753, † Paris 1838.

Rousseau (Louis-Jacques) conseiller à la Cour de Cassation, ancien député de la Sarthe; né à Château-du-Loir le 14 février 1759, † 14 août 1829. — Louise-Jeanne *Mouchard*, sa veuve.

Roussel (Persévérant - Aimable - Placide) ancien batonnier du barreau des avocats de Lille; juge suppléant près le tribunal de cette ville et adjoint au maire. Chevalier de la Légion d'honneur; † 1er juin 1854 à 63 ans.

Rouvenat de la Rounat (Joseph-Nicolas) Paris 1777, † Batignolles 1856. — Aimée-Françoise *Lostin*, sa veuve; Suresnes 1778, † 1861.

Roux de la Rochelle (famille).

Rouxer de la Metz (madame), née *Legras de Vauberçay*; † 5 janvier 1842, à 76 ans.

Rouzet, docteur en médecine; Toulouse 27 septembre 1795, † 2 août 1824.

Royer (Gabriel-Louis-Alexandre) ancien directeur des contributions indirectes, chevalier de la Légion d'honneur; †24 novembre 1856 a 69 ans.

Royer-Collard (madame, veuve de Pierre-Paul) née Augustine-Marie-Rosalie *Forges de Chat aubrun* † 13 juillet 1853. — Louise-Marie-Rosalie, sa fille; † 18 janvier 1841.

Royou (Louis-Gustave-Adolphe de) capitaine de la Garde-infanterie; chevalier de Saint-Louis et de la Légion d'honneur ; † 20 septembre 1825, à 38 ans.

Rozier (Marie-Philippe) contrôleur d'armes en retraite ; né à Charenton Saint-Maurice le 13 septembre 1783, † 7 juin 1852.

Rude (François) Dijon 1784, † Paris 1855.

Rue (madame) née Eulalie-Zoé *Bailly de Monthyon* ; † 20 décembre 1844 à 72 ans.

Rullier (Pierre) médecin de la Charité ; † 23 mai 1837.

Ruinet. Ancien chef d'institution, professeur de l'Université ; † 23 novembre 1838; à 72 ans.

S

Sacy d'Ormesson (Jean-Baptiste-Paul de) ; † 31 décembre 1856, à 80 ans.

Sagey (Claude-Judith-Joseph de) ancien évêque de Tulle, membre du chapitre de Saint-Denis. Né à Ornans (Doubs) le 2 avril 1759, † 20 mars 1836.

Sailly (Hyacinthe-Joseph de) chef d'escadron ; † 1843

Saint-Aignan (Alexandre-François *de la Fresnaye*, marquis de) 11 mai 1778, † 4 juillet 1847. — Dame Madeleine-Jeanne-Joséphine-Gabrielle *de Broc* ; sa mère. 26 septembre 1749, † 11 mars 1840. — Dame Elisabeth-Marie-Isabelle *Marescalchi*, marquise de *Saint-Aignan* ; † 12 mars 1859, à 80 ans.

Saint-Ange-Lenoir (Gustave) docteur en médecine. Hyères (Var); † Paris 16 janvier 1846, à 24 ans.

Saint-George de Vérac (Comtesse de) née Gabrielle-Antoinette-Eustachie *de Vintimille*; épouse de Anne - Louis - César-Joseph ; † 17 juillet 1822, à 37 ans.

Saint-Jacques (Dominique, baron de) . † 27 avril 1839, à 78 ans.

Saint-Julien (famille de)

Saint-Mars (marquise de) née Emilie-Caroline-Justine *Meline*. Villersexel 4 septembre 1814, † 22 décembre 1859.

Saint-Martin (Jacques) ; 23 juillet 1853, à 79 ans. — Marie-Antoinette-Charlotte *de Brocq*, sa veuve; † 12 juin 1856, à 80 ans. — Jean-Baptiste-Henri de ce nom ; † 28 juillet 1842, à 74 ans.

Saint-Pard (L'abbé Pierre-Nicolas Van Blotaque de) prêtre habitué à Saint-Jacques-du-haut-pas. Né à Givet-Saint-Hilaire, pays de Liège le 9 février 1734 † 1er décembre 1824,

Saint-Paul (Auguste-François *de Thomassin* marquis de) ; † 1849. à 90 ans.

Saint-Romain (Edouard de) ; 6 octobre 1803, † 15 novembre 1829.

Saint-Sauveur (Auguste-François-Philémon *de Grégoire*, comte de) ex-gentilhomme de la chambre du roi ; † 18 janvier 1835 à 51 ans. — Dame Jeanne Elisabeth *de Grégoire*, comtesse *de Saint-Sauveur*, chanoinesse de Sainte-Anne de Munich ; † 8 mai 1849. à 68 ans.

Saint-Vandrille (Pierre-Philippe de) Caen 14 mai 1753, † 7 mai 1839.

Saint-Vincent (vicomtesse de) née Marie-Catherine *Veyret de Valagnon*. Grenoble 11 août 1774, † 18 janvier 1851.

Saintot (madame de) née Denise-Alexandrine-Louise *Raillard de Grandvelle* ; † 11 décembre 1855, à 78 ans.

Saisset (Emile) professeur de la faculté des lettres, membre de l'Institut ; 16 septembre 1814, † 27 décembre 1863.

Saisy de Kerampuil (Comtesse de) née Marie-Julie *Lannuic de la Boëssière*, † 23 février 1850, à 80 ans.

Salacroux (F. abbé) curé de Saint-Laurent ; † 12 juin 1854, à 55 ans. — Paul-Antoine, son frère, docteur médecin, connu des bibliomanes. Né à Villefranche (Aveyron) 27 avril 1802, † 31 juillet 1863.

Salentin-Ganser (Ernest) ancien proviseur du collège Saint-Louis, chanoine honoraire de Paris, et supérieur des religieuses de l'Immaculée Conception ; † 4 juillet 1842, à 67 ans.

Salgues (Adélaïde *de Brosses* madame de) ; † 12 août 1864 à 90 ans.

Salières (Auguste) ouvrier typographe, auteur de l'histoire des réformateurs ; † 19 octobre 1857, à 39 ans.

Salignac-Lamothe-Fénélon (Delphine-Louise-Marie de) ; † 28 février 1835.

Saluces (Jenny Millot de) ; † 22 février 1829.

Samson (l'abbé Cyr), aumônier de l'hopital du Midi ; † 10 décembre 1846, à 43 ans.

Sanson-Duperron, (famille.)

Santerre, (famille.)

Sapey (Charles), ancien député et conseiller maître à

la cour des comptes, sénateur, grand officier de la légion d'honneur ; né au grand Lemps, (Isère), en 1775, † 5 mai 1857.

Sarret, (baronne de) ; née Louise Guillelmine d'Alfonse ; † 24 février 1828.

Sars, (madame Alfred de) ; née Marie Amélie Elvina *de Courson de la Villehélio* ; † 11 mai 1840, dans sa 26ᵉ année.

Stage Castel de Séguinville (Éléonore) ; née au château de Séguinville, (Haute-Garonne), le 22 avril 1764, † à 70 ans, (1834).

Saulx-Tavannes (Charlotte-Clémentine de), veuve 1° du vicomte *Digeon*, lieutenant-général, 2° du général *Lheureux;* † 17 décembre 1855.

Savary (Jean-Nicolas), lauréat du Conservatoire, ancien artiste du théâtre des Italiens ; † 9 février 1853, à 71 ans.

Schey (Jean), statuaire ; † 23 juin 1843, à 51 ans.

Schorzewski (au vertueux patriote, au vaillant général Thadée) ; † 17 mars 1852.

Schouvaloff (Grégoire, comte de) de la Congrégation des frères réguliers de Saint-Paul ; né à Saint-Petersbourg, le 25 octobre 1804, † 2 avril 1859.

Schunck (Pierre-Henri), compositeur de musique ; né à Worms en 1757, † 1847.

Scoraille-Langhac (marquise de) ; née Marie-Victoire *Mareschalchi*, le 21 mai 1785, † 13 novembre 1845.

Scott (comtesse Aimée), chanoinesse de Sainte-Anne de Munich, † 29 avril 1854, à 81 ans.

Sédillot (J. J. Emmanuel), membre du bureau des longitudes, professeur de Turc, chevalier de la légion d'honneur ; né à Enghien-Montmorency le 20 avril 1777, † 10 août 1832.

Séguin (l'abbé) du clergé de Saint-Sulpice ; † octogénaire, en février 1847.

Séguin (Armand-Jean-François), membre correspondant de l'Académie des sciences, Paris 21 mars 1767, † 23 janvier 1833.

Séguin de Grane (Drôme), famille.

Ségur d'Aguesseau (Raymond-Stanislas de) ; 16 mars, † 18 avril 1846.

Segur-Montaigne (Amédée, vicomte de) ; † 5 février 1852, à 61 ans.

Séguret (famille).

Séjean (l'abbé Albert) ; † 14 janvier 1837.

Selve (Amable-Désiré-Jean-Pierre de), capitaine d'artillerie ; † 24 juin 1847, à 45 ans.

Semellé (dame Cécile Barbe *Masson*, comtesse de) ; † 23 novembre 1846.

Sendricourt (famille de).

Séran (Jean-Baptiste-François, comte de) ; né à la Seyne (Var) le 8 novembre 1756, † 12 janvier 1828. — Dame Marie-Agathe *de Coriolis*, veuve de M. Gilles François, *marquis de Seran* ; † 10 avril 1820, — comtesse de ce nom, née *Fyot de La Marche*, 1767, † 21 mars 1841.

Serennes (Virginie-Emma de) ; † 17 septembre 1854, dans sa 19e année.

Sérent (Marie-Josephe), comtesse de, chanoinesse du chapitre noble de Munich ; † 31 juillet 1832, à 80 ans

Serrurier (J.-b.-T.) docteur en médecine, Orléans 1er novembre 1776, † Paris 23 août 1853.

Séruzier (baronne) ; née Jeanne Sophie-Frédérique *Storch*, à Harzgerode, (Saxe), le 30 avril 1788,

† 9 mars 1864, veuve d'un colonel d'artillerie, commandeur de la légion d'honneur, chevalier de Saint-Louis et de la couronne de fer.

Séverin (Charles), ancien administrateur de la Croatie Française; né à Verocza, (Hongrie), le 4 février 1768, † 3 août 1833. — Anna Wilhelmine *Fuchs*, son épouse; née à Sobernheim, (Prusse), le 21 juin 1780, † 1842. — Charles-Alexandre *de Kormelits* leur fils, *comte de Séverin*, chevalier de la légion d'honneur; né à Paris le 6 février, 1814, † .... — Son épouse, Virginie-Victoire *Savary*; née à Strasbourg, le 1er juin 1801, † 22 novembre 1855. — Leur fils : Eugène-Alexandre, † juin 1840.

Sibuet (Prosper, baron), mort au champ d'honneur, sur le Bober, 29 août 1813, (*Mémorial*). — Georges, son frère, ancien juge de Cassation, puis président du tribunal de Corbeil et député au corps législatif; né à Belley, (Ain), le 25 novembre 1767, † 14 janvier 1828, — Marie-Victoire-Adélaïde *Guyet* son épouse; † 29 juin 1834.

Sicard (baron), fils du général blessé mortellement à Beautzen, le 21 mai 1813, capitaine, chevalier de Saint-Louis et de la légion d'honneur, † 13 mars 1860.

Silvestre (Augustin-François Baron de), membre de l'Institut, Versailles, 7 décembre 1762, † Paris 4 août 1851.

Simart (Pierre-Charles), statuaire, membre de l'Institut, officier de la légion d'honneur; né à Troyes le 27 juin 1808, † 27 mai 1857.

Simon (A. A.) architecte; † 26 février 1832, à 73 ans.

Simonneau (Etienne François), conseiller honoraire

à la cour de cassation, officier de la légion d'houneur ; † 21 mars 1860, à 79 ans. — Geneviève-Céline *Foreau de Trizay*, son épouse ; † 2 avril 1861, à 79 ans.

Simonnet de Maisonneuve (le colonel) 1775, † 1858.

Singer (famille).

Siret (l'abbé Hubert Christophe), curé de Saint-Séverin ; né à Reims 30 décembre 1754, † 19 mai 1834.

Sirot (Antoine-François), ancien sous-préfet ; † 10 mars 1828, à 50 ans.

Solange-Pellat (Auguste), docteur en droit, avocat ; † 23 novembre 1852, à 31 ans.

Sorlin (Jean-Gabriel-Désiré), docteur en médecine, chevalier de Saint-Louis, ancien chirurgien-major des chasseurs de la garde impériale, etc. Né à Orgelet, (Jura) 28 juillet 1781, † 10 mars 1848.

Souquet de la Tour (l'abbé, comte du sacré palais de Latran, commandeur de l'éperon d'or, curé de Saint-Thomas-d'Aquin ; † 9 septembre 1850, à 74 ans.

Spiegel (Léontine) ; † 18 juin 1861, à 23 ans.

Steuben (Alexandrine-Joseph baron de) ; † 7 juin 1862, à 48 ans.

Stroltz (baron de), lieutenant-général, ancien député, grand officier de la légion d'honneur ; né à Belfort 6 août 1771, † 20 octobre 1841. — Rose-Eléonore-Virginie *Bonnet*, son épouse, né à Piermosans, (Bavière), le 29 novembre 1797, † 4 avril 1848.

Sturm (Charles), professeur à la Sorbonne et à l'école polytechnique, membre de l'Institut, officier de la légion d'honneur ; † 18 décembre 1851.

Surmain (Dame Marie-Madeleine-Françoise *Burger*, comtesse de), veuve du général *comte Duchesme;* † 22 décembre 1857, à 82 ans.

Surval (André-Joseph *Antheaume*, baron de) ; 17 janvier 1751 † 17 février 1827.—Marie-Emilie *Antheaume de Surval*, sa fille, veuve de Claude-Benoît-Toussaint *de Rochard ;* 15 juillet 1778, † 9 février 1837.

T

Taboureau (Charles-Amédée), ancien conseiller d'Etat, officier de la légion d'honneur ; † 24 janvier 1853. — N. *de Fourcroy*, son épouse ; † 31 dĕmbre 1836.

Taconnet (famille).

Taillefère (Louis-Gabriel), inspecteur de l'Académie de Paris, chevalier de la légion d'honneur ; † 25 mars 1852, à 85 ans.

Talleyrand-Périgord (madame de) veuve du banquier *Grant*.

Talmond (comtesse Rose de) ; † 21 juillet 1831.

Tanneguy du Chastel (baron Henri) né à la Martinique 4 février 1833, † 24 décembre 1855.

Tanquerel (Adèle de), en religion sœur Saint-Jean de la Croix ; † 2 mai 1854.

Taponnier (Alexandre-Camille) lieutenant-général, commandeur de la Légion d'honneur, chevalier de Saint-Louis ; 2 février 1749, † 15 avril 1831. — Jules, son petit-fils ; † 24 mars 1834, à 17 ans.

Turbé des sublons (Sébastien-André) † 17 mai 1837 à 73 ans. — Dame N. *Guespereau*, sa veuve ; Paris

2 juillet 1777 ; † Versailles 21 décembre 1855. — Pierre Adolphe, leur fils, conseiller à la cour de cassation, officier de la Légion d'honneur ; † 11 janvier 1844 à 48 ans.

Tardieu (Antoine-François) graveur géographe ; né à Paris le 17 février 1757: † 14 janvier 1822.

Tardivet du Repaire (madame) née Augustine-Marie-Eugénie *Hay*, épouse d'un maréchal de camp ; 26 août 1825 à 68 ans.

Tardy de Montravel (Louis - Marie- François) contre-amiral, gouverneur de la Guyanne française, commandeur de la Légion d'honneur, chevalier de plusieurs ordres ; † 4 octobre 1864, à 53 ans.

Tell (Hugues, baron du) † 8 décembre 1859 à 70 ans. — Dame Genèse-Antoinette-Charlotte-Eugénie *Desjacgues de Renneville*, sa veuve ; † 4 avril 1863, à 63 ans.

Templier (Pierre-François) ancien avoué de première instance de la Seine; † 15 janvier 1856, à 82 ans.

Termès (E. V. de), capitaine au 16e léger ; † 24 juillet 1845.

Terrasse (l'abbé Jacques) aumônier des dames de Saint-Joseph de Cluny ; † 6 février 1853, à 94 ans.

Terrier de Loray (Marie-Mathieu Jules, comte de) † 4 mars 1853.

Teste Jean-Louis ancien ministre et pair de France. Né 20 octobre 1780 † 4 mars 1853.

Thains (famille de).

Tharon (Hyppolite-Michel, comte de), d'une famille d'origine anglaise ; secrétaire au département des affaires étrangères, chevalier de la légion d'honneur ; † 20 juin 1863, à 41 ans.

Theil (Marie-Césaire, baron du); † 18 décembre 1842.

Theis (Alexandre-Etienne-Guillaume, baron de); 13 décembre 1765; † 24 décembre 1842. — Anne-Marie-Elisabeth *Michault de Saint-Mars*, sa veuve; † 21 mai 1845, à 73 ans.

Thénot (Jean-Pierre) artiste peintre; 21 avril 1803, † 11 octobre 1857.

Théry (comtesse de).

Thiébault de Berneaud (Arsène) conservateur à la bibliothèque Mazarine; 14 janvier 1777, † 2 janvier 1850.

Thiénon (Anne-Claude) peintre-paysagiste, chevalier de la Légion d'honneur. Paris 27 décembre 1772, † 12 mars 1846.

Thieullen (Jean Baptiste-Nicolas, baron) ancien préfet, sénateur; né à Rouen le 30 novembre 1789, † 6 janvier 1862.

Thierry (Charles-Savinien) ancien architecte du gouvernement; † 10 janvier 1853, à 95 ans.

Thierry (H.); † 11 mai 1828.

Thièvres (comtesse de) née Françoise-Charlotte-Philippine *de Louvencourt*; † 22 mars 1856, à 78 ans.

Thirial. Docteur médecin; † 7 avril 1863.

Thiroux de Saint-Cyr (Félicie); † 17 janvier 1846, à 20 ans.

Thomas (C. F. B) colonel de gendarmerie. Commandant de la Légion d'honneur; † 23 mai 1854.

Thomas de Dancourt (madame) née Adèle-Zuima *Sallin*; † 4 août 1854, à 62 ans.

Thouret (Guillaume-François-Antoine) député du Calvados; né à Rouen 16 juin 1782, † 5 juillet 1832.

Thuillier (Henri-Louis) graveur au dépôt général de la guerre; † 15 juillet 1853, à 79 ans.

Thuisy (Charles-François-Emmanuel marquis de;) †8 septembre 1857.

Thurot (Jean-François) professeur au collége de France, membre de l'académie des inscriptions, chevalier de la Légion d'honneur, Issoudun 24 mars 1768, † Paris 16 juillet 1832.

Tilheiras (vicomtesse de) née Marie-Louise *Verguain de Barboza*; † 28 août 1860, à 69 ans.

Tingry (dame Eléonore-Pulchérie *Deslaurents*; princesse de); 18 mars 1765, † 9 septembre 1829.

Tirbarbe d'Aubermesnil (Nicolas-Pierre-Brice); † 10 décembre 1845 à 39 ans.

Torcy (Jean-Marie-Raphaël *de Villedieu*, marquis de) Conseiller à la cour royale de Paris; † 7 avril 1865 à 67 ans.

Tissot (L'abbé Charles); † 31 juillet 1862.

Tixier de la Chapelle (famille).

Toussaint (famille du baron).

Trappe (Antoine) médecin chirurgien de la première succursale de Saint-Denis, chevalier de la Légion d'honneur; † 1846, à 80 ans.

Trazegnies et d'**Istre** (marquise de) née Octavie *Ermelin de Marie*, 2 juin 1805, † 18 août 1846.

Tremery (Jean-Louis) ingénieur en chef, directeur des mines chevalier de la Légion d'honneur; † 20 novembre 1851, à 79 ans.

Tresvaux du Fraval (l'abbé François) ancien

vicaire-général de Paris, doyen du chapître de l'église métropolitaine ; † 12 août 1862. — Sépulture de famille.

Trevelec (Henri-Jacques-Marie, marquis de) ; † 18 juin. 1855 à 68 ans.

Treverret (famille *Léon de*).

Trevou (Dame Marie-Virginie-Guillemette *Brulon*, vicomtesse du) ; † 23 mars 1833, à 33 ans.

Tribalet (Amédée-Louis-Félix) ancien inspecteur général des finances, né à Coucy-le-Château, (Aisne) le 25 août 1767, † 11 avril 1840.

Trigant de Beaumont (Pierre) chevalier de la Légion d'honneur ; † 10 août 1862 dans sa 58e année.

Trimond (François de Salle Joseph de), † 15 janvier 1840, à 46 ans.

Tripler-Lefranc (Claude-François) homme de lettres ; membre de plusieurs sociétés savantes. Chef de division honoraire au ministère de l'intérieur ; 24 août 1760, † 15 février 1830.

Trochon de la Sablonnière (Jean-François) ; † 1849, à 100 ans.

Trompette (famille)

Trouyet (Pierre-Antoine) major en retraite, chevalier de la Légion d'honneur ; † 22 mars 1856, à 73 ans.

Tryon (comte Charles) colonel d'état-major, chevalier de Malte, de Saint-Louis et de Saint-Ferdinand d'Espagne ; officier de la Légion d'honneur ; † 31 mars 1852 à 78 ans. — Dame Françoise-Cornélie *de Courcy*, sa veuve ; † 22 janvier 1864, à 77 ans. — Leur fils : Gaston Emmanuel, *vicomte Tryon*, lieutenant colonel d'artil-

lerie, officier de la légion d'honneur ; † 30 janvier 1858,
à 46 ans.

Tugny (Jean-Baptiste-Antoine de) ; † 21 septembre
1841, à 83 ans.

Turckeim (baronne de) née F. E. C. *de Vivès* !
† 24 mai 1846.

Turpin (Elisabeth-Céleste-Constance-Julie, comtesse;
de) ; † 4 mars 1862, dans sa 82e année.

Turpin de Morel (Jean-Louis-François) ; † 30 juin
1859.

V

Vaillant (A.-J.-B.) peintre d'histoire naturelle,
ex-membre de la commission scientifique de l'Algérie ;
† 17 juillet 1852, à 35 ans.

Vallombrosa de l'Asinara (Vincent-Marie-Joseph *Manca-Anat* duc de) ; † 22 avril 1850 à 64 ans.
— Dame Léontine-Alexandrine-Claire, *de Galard de
Béarn-Brassac* son épouse ; † 12 avril 1841, à 31 ans.
— *Robert-Joseph-Marie*, leur fils ; † 24 juin 1845, à
4 ans.

Valori (Adolphe-Pierre, comte de) ; † 25 mai
1843.

Van den Haute A Jean les élèves de l'école normale et du lycée Louis-le-Grand ; † 29 janvier 1858.

Varanchon de Saint-Geniès (comtesse de)
née Elisabeth Sylvain *de Bournat* ; † 4 mai 1858, à 72
ans.

Varellaud Antoine), docteur en médecine, chirurgien de l'empereur, chevalier de l'Empire et de la légion d'honneur ; † 19 août 1840.

Varennes (Dame Anne-Baptiste, comtesse de) ; ancienne chanoinesse de la Neuville-lès-Dames ; † 28 mars 1833, à 81 ans.

Vassal de Bellegarde (Charles de), chevalier de Saint-Louis ; † 13 août 1837, à 72 ans.

Vasse Saint-Ouen (Thomas-Jean-Nicolas), doyen des conseillers à la cour de cassation, officier de la légion d'honneur. Né à Saint-Valery-en-Caux, le 5 septembre 1737, † 25 février 1825. — Sa fille : Pauline-Valentine, 3 octobre 1788 ; † 26 février 1837. — Son fils : Georges Charles, Inspecteur de l'Université ; † 1863.

Vasseur de Boulogne-sur-Mer (L'abbé Jules); † 22 janvier 1837.

Vaudoyer (A.-L.-T.), architecte, membre de l'Institut; chevalier de la légion d'honneur, 20 décembre 1756 ; † 27 mai 1846.

Vaugiraud de la Salle (Jeanne-Joséphine-Henriette de) ; † 20 février 1848, à 71 ans.

Vauthier (Christophe-Anne), sous-intendant militaire, officier de la légion d'honneur ; † 23 août 1849. — Catherine *Perfette*, son épouse ; † 30 mai 1856.

Vautré (le général Victor, baron de); 10 mars 1770, † 16 mai 1849.

Vaysse de Villers (Jean-François-Régis), inspecteur des postes. Né à Rodez, le 26 juillet 1767, † 7 septembre 1834. — Marie-Rosalie *Lebrun*, sa veuve; né à Marolles, (Seine-et-Oise), le 16 août 1760, † 20 mars 1837.

Velpeau (famille du docteur).

Verdun (Samson-Louis de), chevalier de Saint-Louis

et de la légion d'honneur ; † 1er août 1861, à 79 ans.

Verneaux (vicomtesse de) : née Judith-Suzanne *de Lavabre;* † 27 janvier 1835, à 65 ans. — Pierre-Amédée *Posuel de Verneaux,* son fils ; † 7 juillet 1819, à 20 ans ·

Veron-Bellancourt ; Artiste peintre , † 13 janvier 1849, à 76 ans.

Verteillac (G.-B. *de La Brousse,* vicomte de), ancien préfet; † 18 février 1850, à 50 ans. — C.-F.-A.-L. *de Montalambert d'Essé,* son épouse ; † 11 octobre 1848, à 26 ans.

Veuillot (famille Louis).

Veyret de Valagnon (madame), veuve de François-Joseph-Antoine ; née Marie-Geneviève *de Lagnay,* à Lyon ; 2 mars 1757, † 25 janvier 1838.

Vibert (Joseph); graveur-typographe ; né aux Avanchères, (Savoie) ; 27 juin 1763, † 11 novembre 1843.

Videcoq (Pierre-Augustin), docteur-médecin ; † 17 avril 1858, à 52 ans.

Vieil Castel (Charles-Etienne-Marie-Stanislas, *Salviat de*) ; † 1er août 1833, à 7 ans 8 mois. — Georges ; 31 décembre 1833, † 29 juillet 1835. — Dame Bonne-Elisa-Fortunée *de Lasteyrie du Saillant, comtesse de Vieil-Castel;* leur mère ; 5 avril 1802, † 3 février 1862.

Vieillard (Charles), artiste-peintre ; né à Genève, † 9 janvier 1857, à 44 ans.

Viennay (madame de) ; née Marie-Louise *Regnoust du Chesnay* ; † 10 février 1843, à 38 ans. (Sépulture de famille).

Viguer (Vincent-Hyppolyte), officier de marine, chevalier de la légion d'honneur ; † 7 juin 1849, à 65 ans.

Vilfort (Joseph-Gabriel), avoué honoraire ; † 21 février 1848.

Villedeuil (Marie-Charles-Claude *Laurent comte de*);
† 7 mars 1843, à 56 ans. —Dame Antoinette-Geneviève-
Joséphine-Françoise *Daudin, baronne de Bresse*, son
épouse ; née au château de Bresse, (Cantal), le 3 janvier
1791, † au château de Vaudoire, (Dordogne), 15 mars 1853.
(Sépulture de famille).

Villefranche (marquise de) ; née Alix-Rénée-José-
phine *de Galard-Brassac-Béarn* ; † 2 juillet 1855, à 56
ans.

Villeneuve (André Charles-Louis), docteur en mé-
dec ne ; 6 août 1781, † 2 août 1853.

Villeneuve-Bargemont (madame de) ; née Fran
çoise-Alexandrine-Mathilde *de Frégosse* ; † 25 novembre
1822, à 25 ans.

Villequier (baronne de) ; née *Dambray* ; † 6 novembre 1851, à 90 ans.

Villeray (marquise de); née *Agobert*, † 29 mai
1826. — Dame Marie-Joséphine *Rouer, comtesse de Ville-
leray*, chanoinesse de Bavière ; † 27 avril 1863, à 79
ans.

Villette de Terzé (M. et Mme) ; † 1856.

Villiers, peintre d'histoire ; † 24 juin 1847, à 53
ans.

Vilmor (Charles-Henri de) ; Changy, (Loiret), 8 août
1782, † Paris, 20 mai 1848.

Vimont (Joseph), docteur-médecin ; † 1er juin 1857,
à 62 ans.

Vincent (madame) ; née Marie-Fanny *Bourdon*,
épouse du membre de l'Institut, officier de la légion
d'honneur, † 2 mars 1865, dans sa 57e année. — Leur
fils, Frédéric-Hidulphe, élève à l'école polytechnique ; †
12 décembre 1850, à 20 ans.

Vintimille (Marie-François-Fortuné de), des comtes de Marseille ; évêque démissionnaire de Carcassonne ; né le 6 janvier 1750, † 6 août 1822. — Dame Marie-Madeleine-Sophie *Talbot-Triconnel*, veuve de Charles-François-Gaspard-Fidèle *de Vintimille ;* † 1er floréal an XIII.

Virey (Julien-Joseph), membre de l'Académie de médecine, député de la Haute-Marne, officier de la légion d'honneur ; né à Hortes, le 21 décembre 1755, † 9 mars 1846.

Voisin (famille du docteur).

Voysin de Gartempe (Philippe-Aristide), chef d'escadron d'artillerie, chevalier de la légion d'honneur ; né à Guéret, (Creuse), le 31 octobre 1791, † 4 novembre 1833. — La baronne de ce nom ; née Marie-Geneviève-Gabrielle *Garreau*, veuve d'un conseiller à la cour de Cassation ; † 28 janvier 1848, à 77 ans. — *Voysin de Gartempe* (madame) ; née Marie-Charlotte *Teilhot ;* † 10 février 1848, à 63 ans.

Vosglen (Philippe), ancien administrateur des contributions indirectes ; † 29 janvier 1858, dans sa 70e année.

Vrayet de Surgy (madame H.) ; née Louise *Bellot de Kergorre ;* † 27 janvier 1847, dans sa 22e année.

W

Watrin (Charles-Louis) ; 11 mars 1765, † 2 août 1838. — Elisabeth-Victoire *Larcher de Guermont*, sa veuve, 1768 ; † 25 juin 1850.

8.

Willemin (N.-X.), savant antiquaire ; † 1833.

Wismes (baronne douairière de) ; née Marie-Jeanne, Françoise *de Rougé*, au château de la Bellière, en Anjou le 24 juin 1753, † 7 août 1814. — Fils : Stanislas-Catherine-Alexis *de Blocquel, baron de Wismes*, né à Arras, le 4 juillet 1778, ancien préfet, officier de la légion d'honneur ; † 20 mai 1831. — Sa veuve, dame Émilie-Joséphine-Jeanne *de la Ramière* ; † 16 septembre 1845, à 62 ans. — Leur petit-fils et neveu : Édouard-Adolphe-Stanislas-Armand *de Bloquel, baron de Wismes* ; † 9 mai 1839, à 26 ans. — Arnoul-Louis-Armand, vicomte de ce nom ; né au château du Ménil, (Somme), le 17 avril 1780; † 24 juin 1863. — Son épouse ; née Bonne-Thérèse-Louise-Hélène-Léonille *de Polignac*, née à Rastadt, le 12 mai 1792, † Plombières, le 13 septembre 1857.

Y

Yon (Pierre-Adrien, né à Lorient ; † 30 mars 1857, à 67 ans. — Antoinette *Lemaître d'Annorille*, sa veuve ; née à Mesnil-Aubert, (Manche) ; † 20 février 1861, à 90 ans.

Z

Zangiaconi (Joseph, baron), conseiller à la cour de cassation, pair de France ; né 19 mars 1766, à Nancy, † 21 juin 1846. (Sépulture de famille).

Zédé (Pierre), ancien préfet, commandant de la légion d'honneur, chevalier de Saint-Louis, fondateur du musée naval au Louvre ; † 7 janvier 1863, à 71 ans.

Abbeville. — Imp. Briez

ERRATA

—

Abrantès, *ligne* 5, Eliza, *lisez* Elisa.

Arragon, *ligne* 2, Amnette, *lisez* Annette.

Augé, *ligne* 2, 1858, *lisez* 1758.

Berard des Glajeux, *ligne* 2, Marina, *lisez* Marine.

Binet, *ligne* 3, après 76 ans ; ajoutez, il était né Rennes en 1786.

Breugnon, *ligne* 3, 1225, *lisez* 1825.

Brian, Symphorine, *lisez* Symphorien.

Boquet, *ligne* 3, Naney, *lisez* Nancy.

Boulay de la Meurthe, *ligne* 12, puimé, *lisez* puiné.

Cadore, *ligne* 4, Grosboisrie, *lisez* Grosbois.

Colette de Vaudicourt, *lisez* **Baudicourt.**
MÊME NOM, *ligne* 6, président, *lisez* précédent.

Constades, *lisez* **Contades.**

Desmaisons, *ligne* 2, *lisez* † 21 juillet etc.

Du Beuchet, *lisez* **Du Bouchet.**

Dufougerais, *ligne* 7, Dufaugerais, *lisez* Dufougerais.

Ernonf, *lisez* **Ernouf.**

Filhos, *ligne* 2, 82, *lisez* 28.

Fourcroy, *ligne 3, lisez* 31 décembre.

Gigault de la Salle, conservateur, *lisez* conseiller.

Goblet-Beaulieux, *même correction.*

Jard-Panviller, *lisez* Panvilliers.

Laforest-Divonne, *ligne 2, supprimez le mot* née.

Lasteyrie du Saillant, *ligne 3,* Genevièvre, *lisez* Geneviève.

Le Rover de la Rochemondière, *lisez* Le Royer.

Lille, Mélite, *lisez* Mélite.

Marcieu, Edme, *lisez* Emé.

Poissonnier, *lisez* Poissonnier.

Pontlevoy, Lavernüe, *lisez* Lavenüe.

Ramey, *ligne 7,* 39 octobre, *lisez* 30.

Roure (c^{te} du), Grimoare, *lisez* Grimoard.

Terrier de Lorray, *ligne 2,* † 4 mars 1853, *lisez* † 20 juin 1838, à 22 ans.

Teste Jean-Louis, *lisez* Teste (Jean-Louis).

Zanglaconi, *lisez* Zanglacomi.

Dans les deux visites générales que nous fîmes de la vaste enceinte funèbre, c'est en vain que nous avons cherché le souvenir de deux hommes dont le nom ne peut être oublié ; ils y ont reçu la sépulture.

L'un était fils du frère du Baron de **Staël-Holstein** et était commis-libraire dans la maison Treuttel et Wurtz. Il est mort à l'hospice de la Charité, au mois d'août 1837 à l'âge de 50 ans. L'autre est l'abbé de **Saint-Pard,** auteur ascétique, chanoine-honoraire de Paris, prêtre habitué à Saint-Jacques-du-Pas ; né le 9 février 1754 à Givet-Saint-Hilaire, pays de Liège; mort à Paris le 1er décembre 1824.

Parmi les noms qui nous ont échappé nous citerons : **Bérulle** (Amable-Pierre-François de), ancien conseiller au Parlement de Paris, † 3 décembre 1847, à 79 ans. — C.-J. **de Monteil,** son épouse ; † 4 octobre 1844, à 72 ans. — La Marquise **de Puibusque,** leur fille; † 28 avril 1865. — La Comtesse **de Chousy,** (Dame Marie-Nicole-Blandine *Nompère de Champagny),* née 17 septembre 1801, † 9 mars 1865. — La comtesse **Abel Hugo,** née Julie *Duvidal,* fille du marquis

De Montferrier, † 10 avril 1865, à 67 ans. — Et madame **Récamier,** veuve du célèbre médécin, fille d'un conseiller au Parlement de Paris, M. Thox, dont le père est mort victime d'un jugement du Tribunal révolutionnaire. On le voit, quatre de ces personnes sont mortes pendant l'impression de notre opuscule.

Citons encore parmi ces derniers : MM. **Bérard des Glajeux,** ancien magistrat. — **Bixio,** ancien représentant. — **Denne-Baron,** fils ; homme de lettres. — Le Comte Henri-Camille **de Drée,** officier de cavalerie; † 7 octobre 1865 à 29 ans. — **Helm,** peintre d'histoire, membre de l'Institut. — Louis **Huart,** homme de lettres, journaliste. — **Leclerc,** doyen de la Faculté des Lettres. — **Montagne,** membre de l'Institut, † 6 janvier 1866, à 82 ans. — **Quérard,** littérateur. M. **de Riverieulx de Varax,** † 6 janvier 1866, à 59 ans. Et le docteur Charles **Masson,** † 72 ans.

Abbeville, imp. P. Briez

www.ingramcontent.com/pod-product-compliance
Lightning Source LLC
Chambersburg PA
CBHW051140260626
47170CB00005B/1898